Thomas Niehörster

Das Wilde Heer und die armen Seelen

Mythen und Bräuche im Alpenraum

URSUS VERLAG
Bad Hindelang

„Wir nähern uns ehrfürchtig Bildern
von magischer, übersinnlicher Faszination.
Übersinnlich bedeutet:
mit dem Sinn nicht vollständig zu erfassen.
Das heißt nicht „übernatürlich“,
denn es gibt nichts außerhalb der Natur.
Die Natur ist allumfassend, ewig, göttlich.“

Björn Ulbrich/Holger Gerwin, „Die geweihten Nächte“

/ar die Zeit des Vollmonds
Nacht vor Sankt Johannis,
der Spuk der wilden Jagd
mzieht durch den Geisterhohlweg.

Aus dem Fenster von Urakas
Hexennest konnt' ich vortrefflich
Das Gespensterheer betrachten,
Wie es durch die Gasse hinzog.

Hatte einen guten Platz,
Den Spektakel anzuschauen;
Ich genoß den vollen Anblick
Grabentstiegner Totenfreude.

Peitschenknall, Halloh und Hussah!
Ross'gewiehr, Gebell von Hunden!
Jagdhorntöne und Gelächter!
Wie das Jauchzen widerhallte!

Heinrich Heine, Atta Troll.
Ein Sommernachtstraum

Hüü - wii - hüü - wii - wumm - di - hoo!
Tuet der Luft huit grüseg!
Loset - gugget - dört und dao -
Wie r a rammlet, hüset!
D Falla schlöcht a rumm und numm -
d Stui vum Kemmat bocket -
döta fluigt a Huizetrumm -
s Schmaolzliecht, wie r es zocket!
Fährt wie Blitz dur s Laonderda',
daß grad d Bschworstui trolet
blaost, was maar ischt, um und ra,
griinet - pfiifet - johlet!
Toaset wie dös wildescht Meer,
röahret vürse, hindre!
S ischt im Gai huit s Müeter Heer - -
ka kui Rüeh it finde! - - -
Luft, bis zfriede, gaong i d Rueh!
Laoß ding Raohle, Singe!
Hao für die gwiß Meahl bis gnüe,
will der s weile bringe!
Will ding Hunger dämme ja,
Meahl gaonz Haompfla stroibe - -
bloas s nu üf - blaos s süber ab -
nimm s und laoß der s froibe! - - -
Dao - - der Luft verstillet zmaol - -
und im Gwölk haolt rüehbeg
s Müeter Heer sing Opfermaohl - -
isch jetz zfride - gfüegeg!

Toni Gaßner-Wechs, 1939

Über die Kraft der Sagen

In unserer Zeit, die sich in immer kürzeren Abständen mit politischen, gesellschaftlichen und religiösen Umwälzungen auseinandersetzen muss, sind diese weit in die Zeit zurückreichenden Vorstellungen akut gefährdet. Da sie ihren Rückhalt in der Erzähltradition haben, hängt ihr Überleben von Menschen ab, die mit dem Land ihrer Vorfahren fest verwurzelt sind. Sowohl mit der gewaltsamen als auch der schleichenden Entwurzelung stirbt die Überlieferung. Gleichzeitig verliert der Mensch den inneren Halt, der ihn gegen die Einflussnahme von außen schützt. Menschen ohne Verwurzelung sind leichter als andere zu manipulieren, da sie nur sich selbst verpflichtet sind.

Das Überleben einer Gemeinschaft, ihre Kraft, Unterdrückung zu ertragen und sich vor allem auch der Vereinnahmung durch andere zu widersetzen, hängt somit vom Grad ihrer kulturellen Identifikation ab. Gemeinsame Tradition, Sprache, Lieder, Religion und Geschichte bestärken den Einzelnen im Gefühl der Zusammengehörigkeit und fördern die Widerstandskraft. Die Auslöschung oder Zwangsintegration eines Volkes beginnt deshalb immer mit der Vernichtung seiner Kultur.

Meist erkennt der Mensch erst im Nachhinein, dass er einen Teil seiner Lebensqualität dem Zeitgeist geopfert und dafür keinen oder nur unzureichenden Ersatz erhalten hat. Diese Einsicht - wir wissen es zu Genüge - kommt fast immer zu spät. Und die nachträgliche Verklärung des Gewesenen kann den Verlust der Realität niemals ersetzen.

Umso mehr gilt es, die Wurzeln unserer Kultur neu zu entdecken und den Menschen zugänglich zu machen.

Auszug aus Kurt Lussi[1]*: „Im Reich der Geister und tanzenden Hexen"*

[1] www.vuotisheer.ch

Einleitung

Die ersten Sagen wurden im 11. Jahrhundert nach Christus erzählt. Es sind zumeist kurze Erzählungen, die im Volk mündlich überliefert wurden. Hintergrund einer Sage kann ein historisches Ereignis oder ein sehr einprägsames Erlebnis sein, das jedoch zumeist aus dem Blickwinkel des Erzählers nacherzählt und ausgeschmückt wurde, und dabei einen Teil seines ursprünglichen Wahrheitsgehalts verlor. Durch die Vermischung von realem Geschehen und subjektiver Wahrnehmung nahm die Sage fantastische Züge an, entstanden (Natur-) Geister und Geisteswesen wie Elfen, Zwerge, Riesen und Hexen. Sagen sind sehr oft mit Orten wie einem Berg oder einem See oder markanten Landmarken verbunden. Sturm, Wolkengebilde, andere Wetterphänomene, auch ungewöhnliches Verhalten von (Haus-)Tieren taten ihr Übriges, den früher mit der Natur noch weitaus mehr verbundenen Menschen Furcht einzuflößen. Da Motive aus unseren Sagen oft auch in den Sagen anderer Kulturen vorkommen, ist anzunehmen, dass neben den lokalen Sagen die Erzählungen Reisender Eingang in die deutsche Sagenwelt gefunden haben.

Sagen dienten nicht nur der Unterhaltung oder der Erklärung für mystische Vorgänge, sondern sollten belehren, mahnen, warnen. In ihrer Handlung tauchen gute, den Menschen helfende wie ungute Kräfte auf, die die Menschen bedrohen oder strafen. Es ist nicht von der Hand zu weisen, dass Sagen unter anderem auch dazu herhalten mussten, ein eigenes Missgeschick zu verschleiern oder sich zum Helden einer Erzählung zu machen.

Wenn ein Mann an Gesicht und Händen völlig zerkratzt erst spät am Abend nach Hause zurückkehrte, dann war es wohl keine Hexe oder Katze mit tellergroßen Augen, die ihm auf den Buckel gesprungen war, vielmehr war er wohl eher, vom Stammtisch betrunken heimkehrend, in einen Dornbusch gelaufen.

Viele Sagen wurden erstmals zu Beginn des 19. Jahrhunderts gesammelt und aufgeschrieben, wobei sie den Moralvorstellungen der Zeit angepasst wurden[2]. Da kamen Hexen, Teufel oder das Wilde Heer als Strafandrohung. Alfred Weitnauer spricht ausdrücklich von einer „Erziehungsliteratur“.

Auch weitere Sagenforscher, wie zum Beispiel der Tiroler Heimatkundler Karl Paulin (1888 - 1960), „domestiziert“ die ursprünglichen Sagen Tirols. Die wilde Gestalt der Percht tritt in seiner Sammlung eher am Rand und dort als harmloses Weiblein auf.

---

[2] Alfred Weitnauer spricht im Vorwort seiner „Allgäuer Sagen“ von „zu Dämonen gewordenen Gottheiten“.

Sagen stecken voller Aberglauben, dessen Gedanken und Bräuche bis heute vielfach erhalten sind. So enthalten Sagen oft auch Hinweise auf Abwehrmittel wie Weihwasser oder einen Abwehrzauber[3], der auch heute noch in ländlichen Gebieten vielfach angewandt wird. Die Sagen speziell um das Wilde Heer, das Muotes Heer und das Nachtvolk entstanden ab dem 15. Jahrhundert und haben sich bis heute in verschiedenen Ausprägungen erhalten.

* * *

Wenn einer in einem kleinen Ort inmitten der Allgäuer Alpen lebt - wie meine Frau und ich - und es ist beinahe pechschwarze Winternacht, dunkle Wolken jagen über den Himmel, der Wind heult von den Hängen hinab und rüttelt wüst an den Fensterläden, dass man bangt, sie würden gleich aufspringen - dann lassen sich gut die Gefühle und Ängste nachvollziehen, die die Menschen vor etlichen Generationen in ihren zugigen Holzhäusern verspürten. Diesen Ängsten mussten sie „ein Gesicht" verleihen, um die Wetterphänomene erfassen und ihnen begegnen zu können.

Als ich mein Buch über die „Wilden Frauen", die mythischen Frauengestalten der Alpen, schrieb[4],

---

[3] s. S.: 50, 131

[4] Ursus Verlag, 2008

traf ich bei meinen Recherchen über sie auf Schilderungen vom „Wilden Heer“, dem Muotes Heer[5], wie es in den Alpenländern mundartlich genannt wird. Die Wolken, die vom Sturm getrieben über den nächtlichen Himmel jagten, vom roten Mondlicht hinterleuchtet, zu bizarren Figuren aufgetürmt, deuteten die angsterfüllten Menschen als eine wilde, gar höllische Jagd.

Da das Wilde Heer und seine Gesellen mit den Wilden Frauen oder den Saligen, wie sie auch genannt werden, nur wenige Berührungspunkte haben, entschied ich mich, dem Wilden Heer und den Gestalten in seinem Umkreis eine eigene Publikation zu widmen, wobei ich mich unter bewusster Auslassung der Sagen des Nordens auf den Alpenraum beschränke.

Wie in meinem Buch über die „Wilden Frauen“ geht es mir nicht um eine volkskundliche Vertiefung des Themas, über das ausreichend Fachliteratur existiert, sondern um ein Handbuch für Leser, die sich vielleicht zum ersten Mal mit dieser Materie beschäftigen.

Thomas Niehörster

---

[5] Wodans-/Wotans-Heer, s. a. S. 138

1. Teil

Vom Wilden Heer und seinen Verwandten

„Der, dem das Wilde Heer begegnet, tut gut daran, sich zu Boden zu werfen, um von der nächtlichen Jagdgesellschaft nicht mitgerissen zu werden, um erst nach Jahren wieder an den Ort seines Schicksals zurückzukehren." So beginnen viele Sagen und Erzählungen, die vom Wilden Heer berichten.

Das Wilde Heer - auch „Wilde Jagd", „Wütendes Heer", „Geisterzug" und „Nachtvolk" genannt - wird in verschiedenen literarischen Quellen als eine Erscheinung übernatürlicher Wesen geschildert. Es ist eine Erscheinung, die insbesondere im Winter und da in den Rauhnächten auftritt. Um das Wilde Heer ranken sich zahlreiche Sagen und Bräuche bis in die heutige Zeit.

Der Ursprung des Namens stammt aus dem Althochdeutschen: „wuot" bedeutet Wut, Raserei und „ins Verderben bringen".

Die schreckliche Erscheinung am Nachthimmel, die seit dem 11. Jahrhundert[6] die Menschen in Angst und Grauen versetzte, hat wahrscheinlich in Skandinavien ihren Ursprung. Sie ist jedoch auch in der germanischen Mythologie bekannt, wie

[6] Die erste Aufzeichnung erfolgte durch den normannischen Priester Gauchelin im Jahr 1091.

ebenso in England, Frankreich und im Alpenraum. Eine Chronik aus dem Jahr 1092 berichtet aus der russischen Stadt Polock von einem Wilden Heer, dessen Toten die Lebenden verschlingt[7]. Der mythologische Stoff selber ist jedoch sicher älter als die ersten Aufzeichnungen.

Während in den bäuerlichen Schichten eher „lebende Leichname“ oder „Wiedergänger“[8] die Hauptrolle in den Sagen spielen, machte sich dagegen in kämpferisch orientierten Schichten wie der Rittergeschlechter die Vorstellung von einem wilden Heer breit.

Die zahlreichen Berichte über das Wilde Heer sind je nach „heidnischer“ oder christlicher Anschauung[9] nicht nur verwirrend, sondern oft widersprüchlich. Dies rührt u.a. daher, dass die mittelalterliche Kirche sich Sagen aneignete und im eigenen Sinne umformte. Auch die späten Aufzeichnungen und Sagensammlungen des 19. und frühen 20. Jahrhunderts wurden oftmals „verfälscht“ bzw. instrumentalisiert, indem sie den Moralvorstellungen der Zeit angepasst und dadurch deren ursprünglichen Aussagen oft auf den Kopf gestellt wurden.

---

[7] Lecouteux, Das Reich der Nachtdämonen

[8] s. S.: 38

[9] Die christliche Kirche belegte alles, was im Ruch des Heidentums stand, mit einem Bann.

Die Berichte über das Wilde Heer haben häufig dieselbe Kernaussage, werden jedoch nach Tradition und Lokalität unterschiedlich weitergegeben. Das betrifft auch die Zusammensetzung und die Erscheinung der einzelnen Figuren des Wilden Heeres: Mal hatte es einen Anführer, dann wieder eine Anführerin, mal war es von grausigem Lärmen begleitet, dann wieder von einer beinahe himmlischen Musik. In einigen Regionen spielte eine Schar von Kindern die Hauptrolle.

Im Tross des Wilden Heeres fanden sich Männer und Frauen, die zumeist einen vorzeitigen, gewaltsamen Tod gefunden hatten: Verbrecher, Leuteschinder, im Rausch Gestorbene sowie Geister, die der Himmel verstoßen hatte, und Kinder, die vernachlässigt, ungeboren oder ungetauft waren. Neben den 24 glutäugigen, kohlschwarzen Hunden, die dem Wilden Heer voranzogen, wird es in weiteren Schilderungen auch von Schweinen, Hasen und anderen Tieren begleitet.

Ein unendlich lang erscheinender Zug von grauenvollen und grotesk wirkenden Gestalten tobte daher: Einige waren kopflos, andere waren auf ein Rad gebunden, das sich von selbst bewegte, einige hinkten oder gingen auf Krücken, andere hatten keine Arme mehr, die nächsten trugen die Beine Amputierter auf der Schulter oder ihren Kopf vor sich her. Viele hatten einen Strick um den Hals.

Hermann Hendrich, Der Walkürensturm, 1909

Die Vorstellung eines zu ewiger Unruhe verdammten Totenheeres wurzelt nicht allein im germanischen oder skandinavischen Volksglauben, sondern findet sich schon in der griechischen und römischen Antike.

In den Schilderungen des Mittelalters werden aus den ursprünglich germanischen Kriegern für die Zeitgenossen verständlichere Figuren wie Soldat und Wilder Jäger oder lokale Sagengestalten wie der Rodensteiner[10] oder der Türst.

Wenn der Geisterzug sich mit Johlen, Gerassel, Schreien und Stöhnen ankündigte, galt es, Fensterläden und Haustüren zu schließen, damit der wilde Zug nicht durchs Haus stürmen könne, empfehlen die einen Sagen; andere Sagen wiederum raten genau das Gegenteil: Wer nicht die Tore der Tenne auflieẞe, dem würden sie vom Wilden Heer eingerannt.

Kündigte sich das Wilde Heer mit einem argen Stöhnen und Jammern an, so war es zumeist ein Vorbote der Pest, wie der Volksglaube meinte. In anderen Lautmalereien heißt es: „Gleich einem Sturmwind braust der Geisterzug heran, verworrenes Geheul schallt durch die Lüfte, man hört Pferde wiehern, Hunde bellen, Peitschenknall und

---

[10] s. S. 40, 42

Jagdrufe[11]". Nur selten trat es mit einer lieblichen Musik auf. Das wurde dann als Vorzeichen für eine gute Ernte gewertet.

Der Zug wurde oft von einem Warner, dem „Helljäger" oder „Tolljäger" angeführt, der auf einem weißen - in den Sagen oft achtfüßigen - Schimmel ritt[12], und mit einem „Ho, ho, ho! Aus dem Weg, damit keiner zu Schaden kommt!", die Menschen vor der wilden Jagd warnte.

In der Schweiz wird von Raben und Totenvögeln berichtet, die den Zug begleiteten, darunter vor allem der Steinkauz. Der rief: „Ku-i-mit, ku-i-mit!" Das wurde gedeutet als: „Komm mit, komm mit!" Wer diesen Ruf des „Wiggele" hörte, musste sich dem Geisterzug bald anschließen. Das hieß, er werde in nächster Zeit sterben[13].

Das Wilde Heer erschien vorwiegend in den zwölf Rauhnächten zwischen Weihnachten und dem Dreikönigstag[14].

Karl-Heinz Mittenhuber sieht in seinem Buch „Das wilde Heer hat viele Gesichter" den Wilden Jäger im Sternbild Orion und vergleicht ihn mit

---

11 Nikolaus Huber, Die Wilde Jagd vom Untersberg, 19. Jhdt.
12 Der sogenannte „Schimmelreiter", der in vielen Erzählungen und Sagen auch als Einzelfigur auftritt.
13 www.vuotisheer.ch
14 s. S.: 103

dem biblischen Himmelsjäger Nimrod: „Der Umkehrpunkt Orions ist der Wintersonnenwendepunkt. Dort beginnt Nimrod mit seinen Hunden allmählich unterzugehen und in das Reich der Toten zu versinken - bis er im nächsten Jahr wiedergeboren wird. Nimrod wurde ja schon in vorsintflutlicher Zeit von den Chaldäern und Assyrern als Weltbaumeister und als zeitloser Jagdgott, Kriegsgott und Schutzgott verehrt. Und die Ägypter glaubten ihren Gott Osiris im Sternbild Orion verkörpert. Die Kanäle der Pyramiden von Gizeh stellen exakt gearbeitete kultische Verbindungen zu den Göttern am Sternenhimmel dar. Die Lage dieser drei Pyramiden zueinander entspricht ganz genau der Lage der drei Gürtelsterne des Orion-Sternbildes. Die Götter waren also damals am Himmel sichtbar und zeigten den Menschen die Zeiten von Saat und Ernte an."

Fragmente oder die Symbolik des „Wilden Heers" finden auch Eingang in die moderne Literatur, wie im folgenden Beispiel in „Das Zimthaus" von Bjarne Reuter[15]:

„Der Gespensterzug richtet sich natürlich nach keinem Fahrplan. Nach keinem, den wir kennen. Zum Glück fährt er nur sehr selten. Er ist blau wie Zigarrenrauch und hält niemals an den bekannten Stationen. Kurz vor dem Morgengrauen

[15] Heyne Taschenbuch, 2007, ISBN 978-3-453-81125-6

kann man ihn sehen, und der Unglückliche, der sich zu dieser Zeit an den Bahnschienen aufhält, muss sich in sein Schicksal ergeben. Der Zug hält dann an, und eine kleine blaue Treppe mit drei Stufen streckt sich den Füßen entgegen. Man hat keine Wahl. Man ist gezwungen einzusteigen, um niemals zurückzukehren. Es wird behauptet, der Gespensterzug verursache ein eigentümliches Geräusch, ein heiseres Flöten, das einem durch Mark und Bein fährt."

Auch bei den Dichtern wird man fündig wie bei Dante „Göttliche Komödie", Goethe „Der getreue Eckart", Theodor Körner „Lützows wilde Jagd", Joseph Viktor von Scheffel „Lieder vom Rodenstein", bei Heinrich Heine, Freiligrath, Bergengruen ... die Liste lässt sich lang fortsetzen.

Selbst in der Trivialliteratur wie beim guten alten Karl May erscheint in seinem Roman „Unter Geiern" in den Erzählungen um den „Llano Estakado" das Wilde Heer in mehreren Episoden:

„Mit fliegender Mähne und schäumenden Lenden, mit dem gewaltigen Gehörn das wirre Buschwerk zerfetzend, rast das riesige Elen dahin, auf welchem der Woodlandsghost, der Geist der wilden Prärie, durch die Wälder des nordamerikanischen Westens saust. Vor ihm her jagen die lechzenden Geister derjenigen Rothäute, welche vor den Bleichgesichtern flohen, und hinter ihm folgen auf feuerschnaubenden Rossen die Seelen der Weißen, welche unter den Streichen des Tomahawk fielen."

Ein Motiv, das in einem Country-Song in den 1940er-Jahren von Stan Jones aufgegriffen wurde und unter dem Titel „(Ghost-)Riders in the Sky" bekannt wurde.

Motive der Wilden Jagd werden in den Computerspielen „Darklands", „Morrowind" und „Warhammer" verwendet, die häufig mit Anlehnungen an die germanische Sagenwelt - adaptiert auf die Fantasiewelt des Spiels - arbeiten. Die archaische Kraft, die von dieser Vorstellung ausgeht, fasziniert noch heute.

Auch in der darstellenden Kunst sind von Malern und Grafikern zahllose Bilder zum Thema „Wildes Heer" angefertigt worden.

Odin auf der wilden Jagd, August Malmström, 1901

Die Vorstellung eines durch die Lüfte jagenden Totenheeres oder nächtlicher Geisterkämpfe ist sehr alt, und findet sich in ganz verschiedenen Kulturen, ja sogar auf unterschiedlichen Kontinenten, und ist durch die Epochen lebendig geblieben. Ursprünglich waren es die in der Schlacht gefallenen Krieger, die - wie es in der Edda heißt - immer wieder aus ihrem Todesschlaf aufgeweckt wurden, um weiterzukämpfen. Meist war es Wotan, der das Wilde Heer anführte. Später, nach der Christianisierung, zogen nicht nur die gefallenen Krieger mit ihm, sondern auch die Seelen derer, die irgendeines gewaltsamen Todes starben, wie auch die Seelen der Ungetauften, der Ketzer, der Hexen, der Zauberer und der Gerichteten.

Der Geisterzug brauste mit einem fürchterlichen Gerassel unter Schreien, Johlen, Heulen, Jammern, Ächzen und Stöhnen durch die Lüfte. Manchmal machte er aber auch liebliche Musik, was dann meist als ein gutes Vorzeichen verstanden wurde.

Wotan (Odin), der früher höchste Gott der Germanen, verlor durch die Christianisierung Karls des Großen[16] seine Vormachtstellung und wurde

[16] (747 - 814 n. Chr.)

Synonym für die schreckliche Gewalt des Wilden Heeres.
„Wodan id est furor" heißt es im Lateinischen: Wodan ist der Herr der Wut oder auch der Raserei, des Sturmes, des Rossejagens, der Ekstase und des Zaubers. Wotan ist der jüngste und deshalb noch lebendigste Gott bei der Bekehrung der Germanen. Er ist der einzige Gott, der reitet[17].

Es gibt neben Wotan noch zahlreiche andere dämonische Anführer: Frau Percht, Rübezahl oder historische Gestalten wie der Rodensteiner oder Dietrich von Bern. Bereits in der Antike wie später im Mittelalter wird ein kämpfendes Totenheer erwähnt. So schreibt der griechische Schriftsteller und Geograph Pausanias um 150 n. Chr. über die Ebene von Marathon: „Dort kann man die ganze Nacht hindurch wiehernde Pferde und kämpfende Männer vernehmen. Wer sich in der Absicht hinstellt, es deutlich zu schauen, kommt nicht ungestraft davon ... "[18] Hippokrates (460 - 370 v. Chr.) spricht von furchterregenden Wesen, die in der Nacht erscheinen und Hekate[19] untertan seien, einer an Dreiwegen residierenden Unterweltgöttin. Sie war Mondgöttin, hielt sich an Begräbnisstätten und Kreuzwegen auf (bei den Römern die Trivia „Göttin der Dreiwege").

[17] Lurker, Wörterbuch der Symbolik
[18] www.sphinx-suche.de
[19] griechische Göttin der Zauberkunst, der Nekromantie (Totenbeschwörung) und des Spuks

„In der Zwölf-Nächte-Zeit, den zwölf Nächten zwischen Weihnachten und Epiphanias, kann derjenige, der guten Willens ist, Kontakt zu den höheren Mächten aufnehmen. Mit rhythmischen Trommelschlägen und berauschenden Getränken tanzten sich die Menschen in Ekstase und gelangten über den so erreichten Trancezustand in eine Welt der Träume, der Weissagungen, der Verbindung des Irdischen mit dem Überirdischen[20]."

Auch in den „Uchuella-chaqui" genannten Dämonen der brasilianischen und peruanischen Dschungelwälder, die durch sie hindurchlaufen oder fliegen und dabei die Menschen verlachen, finden sich Geister, die den Wilden Jägern gleichen.

Eine ganz besondere Erscheinungsform des Wilden Heeres findet sich in einer Sage aus dem Allgäu. Dort wird es als ein großes feuriges Rad beschrieben, das durch die Luft flog und sich dabei drehte wie ein Karussell. Aus dem Inneren des Rades schrie und pfiff es, als ob lauter Katzen, Otter und Geißböcke darin gewesen wären. Es klingt fast wie eine erste „UFO-Sichtung".

In Kanada verschmolz die Sage mit indianischen Motiven. Dort fahren die Wilden Jäger in einem Kanu über den Himmel. Auch werden Windwa-

---

[20] Mittenhuber, Das wilde Heer hat viele Gesichter

gen, Windschiffe und Kutschen[21] mit dem Wilden Heer in Verbindung gebracht.

Asgårdsreien, Peter Nicolai Arbo, 1872

[21] s.S.: 65

Über die Aufzeichnungen

Aus dem frühen 12. Jahrhundert berichtet der Mönch Ordericus Vitalis, ein normannischer Chronist, von einem jungen Geistlichen namens Gauchelin[22], der des Nachts eine schaurige Menschenmenge vorbeiziehen sieht: „Alle wehklagten sie und spornten sich an, schneller zu gehen. Der Priester erkannte in diesem Zug einige seiner vor kurzem gestorbenen Nachbarn, und er hörte sie über die großen Qualen klagen, die sie wegen ihrer Verfehlungen erdulden mussten." In jenem Zug folgten aufeinander Sargträger, ein Riese, zwei Teufel und ein Dämon, der den Mörder eines Priesters folterte; ferner eine Gruppe von Frauen, deren Damensättel mit glühenden Nägeln gespickt waren, so dass sie jammerten und schrien und laut um Vergebung ihrer Sünden baten. Dann erschien ein gewaltiges Heer von Rittern: „Keine andere Farbe außer Schwarz war zu erkennen und loderndes Feuer. Sie ritten alle auf riesenhaften Pferden und stürmten voran, mit allen möglichen Stücken bewaffnet, als ginge es zur Schlacht, und sie trugen schwarze Feldzeichen." Gauchelin wurde von den toten Rittern angesprochen und ritt gar ein Stück mit ihnen. Die Ritter trugen ihm auf, lebenden Bekannten Nachrichten zu übermitteln,

[22] normannischer Priester im 11. Jahrh.

um ihre Geschäfte im Diesseits in Ordnung zu bringen, um ihres Seelenheils willen.[23]

Die Toten bleiben also präsent und sind nicht nach christlichem Muster in ein Jenseits entrückt, womit in der vorhergehenden Sage ihre vorchristliche Wurzel nachgewiesen ist. Da der christlichen Lehre nach die Seelen der Toten gen Himmel aufgefahren sind, erklärte die Kirche die Totenerscheinungen als ein Wirken von Dämonen. Die „Toten Seelen" waren nach kirchlicher Auffassung jene, die den Qualen des Fegefeuers ausgesetzt wurden.

Im Mittelalter sind es dann überwiegend Geistliche, die die Sagen vom Wilden Heer erstmals aufzeichneten. Entsprechend erfahren sie dann ihre christliche „Interpretation", die aus pädagogischen Gründen die Toten Seelen in grauenhaften Bildern aufmarschieren ließ.

Erstmals systematisch gesammelt wurden die Sagen etwa seit Mitte des 19. Jahrhunderts. Lehrer und Heimatforscher begaben sich unter das Volk, ließen sich die Sagen erzählen, um sie dann aufzuschreiben. Die unterschiedlichen Erzählungen vom Wilden Heer, dem Nachtvolk oder Wilden Jäger wurden zumeist notiert, ohne beim Erzähler viel zu hinterfragen.

---

[23] Nils Müller, www.literaturkritik.de

Wolfgang Behringer schreibt dazu in seinem Buch „Conrad Stoeckhlin und die Nachtschar“: „In den vom Tourismus und der Auflösung der alten Dorfstrukturen länger verschonten Tälern war die Nachtvolkvorstellung, wie die Sagensammler immer wieder betonten, in großer Intensität bis ins 20. Jahrhundert hinein vorhanden. Karl Ilg[24] führt 1956 in seiner Studie über die Walser in Vorarlberg an: „Fast in jeder Gemeinde wird [noch] vom Nachtvolk erzählt.“

Die „Begleit-Musik“

In vielen Aufzeichnungen der Sagen vom Wilden Heer finden sich gleichende Motive. Zu den wiederkehrenden zählt auch die „Begleitmusik“: Mit Waffengeklirr, Hundebellen, Kettengerassel, Peitschenknallen, Rufen, Johlen, Ächzen, Stöhnen und einem Lärm, der immer lauter wurde, kündigte das Wilde Heer sein Erscheinen an. Oft kam noch ein Sturmgebraus hinzu. In einer Sage aus Vorarlberg ist zu finden: „Wenn 's Wurtas fährt, hört man weithin ein Geräusch, als ob man Steine zu Boden werfe.“

Es ist nicht gerade Musik, gehört jedoch zum klingenden Erscheinungsbild des Wilden Heers, dass in manchen Sagen Wotan auf einem Schim-

[24] Österreichischer Volkskundler (1913 - 2000)

mel, dem „Rollegaul“ geritten kommt, dessen Satteldecke und Zaumzeug mit silbernen Glöckchen und Röllchen[25] besetzt sind, wie sie auch heute noch in den Alpenländern Verwendung finden.

Andererseits wird aus Luzern (Schweiz) und Vorarlberg (Österreich) berichtet, dass dem Wilden Heer eine feine, engelhafte Musik vorausging, oder dass sich feine Flötentöne hören ließen. Vom Nachtvolk in Vorarlberg wird überliefert, dass es zu Saitenklang, Flötenspiel, Trommeln und Paukenschlag daherkam, wobei die Musik, die dabei ertönte, von solch überirdischer Schönheit gewesen sei, dass es Menschen gab, die es deswegen abpassten, was jedoch mit Gefahren verbunden war[26]. Der Musik und den Flötentönen geht immer der Befehl voraus, den Weg freizugeben.

Die klassische Musik hat die Themen um das Wilde Heer adaptiert wie in der Oper „Der Freischütz“ von Carl Maria von Weber oder in Wagners Opern „Tannhäuser“ und „Banadietrich“ mit dem Vorspiel „Das Wilde Heer“. Eine von Franz Liszts „Études d’execution transcendante“ basiert ebenfalls auf dem Motiv der Wilden Jagd.

---

[25] Glöckchen sind offen, Röllchen sind geschlossene, kugelförmige Glocken mit einem Schallschlitz.
[26] www.galileo.telesis.at

Das Wilde Heer ist zudem ein Thema in der Popmusik - hier insbesondere der Heavy- und Black Metalmusik. So wartet zum Beispiel eine Doppel-CD mit dem Titel „Wilde Jäger" (Steinklang Records) mit bedrohlichen wie auch harmonischen Stücken von Apocalyptic Folk-Künstlern auf, die inhaltlich auf das dämonische Maskentreiben zur Julzeit eingehen. Die Gruppe „Allerseelen" sind mit dem psychedelisch-groovenden Stück „Rauhnachtsmaske" dabei. „Walhalla Wacht" ist der Titel einer CD der niederländischen Metal-Gruppe „Heidevolk" mit Stücken wie „Het Wilde Heer" oder „Wodan Heerst". In vielen Liedern der Volks- und Folkmusik wird das Wilde Heer oder der Wilde Jäger besungen. Zahlreiche Beispiele dazu sind im Internet zu finden.

Eine ungewöhnliche Erscheinung

Manche der Schilderungen des „Wilden Heeres", das zu der einen Tür hineinfährt und oft durch die *geschlossene* Tür auf der anderen Seite wieder hinausfährt, erinnert an die Erscheinung eines Kugelblitzes, jenes selbstleuchtenden Phänomens, begleitet von Funken und Geräuschen, das Berichten zufolge in Gebäude eindringen und scheinbar mühelos durch Mauern, Türen und Fenster dringen kann. In den - seltenen - Fällen, in denen sie explodieren, hinterlassen sie einen schwefelhaltigen Geruch.

Wuetes macht Weihnachtsmusik

Nicht selten versuchen die zu Dämonen gewordenen Gottheiten der Vorzeit, neugierige Menschen in den Rauhnächten durch himmlische Musik von den süßen Geheimnissen der christlichen Weihnacht abzulenken. Es wird berichtet, dass die Leute von Ottobeuren[27], besonders in der dortigen Frongasse „abends bisweilen in den heiligen Zeiten eine wunderbar liebliche Musik hörten. Die alten Leute, die sich auskannten, warnten aber davor, das Fenster aufzumachen. Denn noch jeder, der den Kopf der Wundermusik wegen durchs Fenster streckte, habe das bitter büßen müssen. Der Kopf sei, wenn man die Musik gehört und das vorbeiziehende Muetesheer angesehen habe, so angeschwollen, daß man ihn hinterher nimmer beim Guckfenster hereinbrachte. Wenn man jedoch fein brav in der Stube blieb, hatte man den vollen Genuß ohne nachteilige Folgen. Das ‚Wuetes□zog gewöhnlich durch den Hohlweg, der auch Fronweg heißt, auf die Schelmenheide unterm Guggenberg oder auch hinauf in das Teufelsloch im Buschel. Seitdem die Buschelkapelle aber Sankt Michael als Hausherrn hat, ist der Zauber vorbei.“ (EW)[28]

[27] Marktgemeinde im Unterallgäu

[28] Erläuterungen der Quellenkürzel s. S. 144

Ein schönes Beispiel für die Vermischung von alter Sage und im 19. Jahrhundert neu notierter Volkssage. Alte Versatzstücke - der angeschwollene Kopf - werden mit christlicher Erziehung - „wer fein brav in der Stube blieb" - vermengt. Der frühere unheimliche, Legenden umwobene Hohlweg wird in den christlichen Fronweg[29] umbenannt[30].

Im Wurzacher Ried[31] hörte ein Hirtebub auch einmal das Muetesheer kommen. Es sei gewesen, wie wenn hundert Kuhglocken hoch in der Luft läuteten. Bald klang's wie eine wunderschöne Musik, dann wieder war es ein fürchterlicher Lärm.

---

[29] Fronweg: Auf ihm mussten einst die Bauern ihre Abgaben zur Burg oder in ein Kloster bringen.

[30] *Kursiv* gesetzte Texte sind Erläuterungen oder Kommentare zu den Sagen und Texten aus verschiedenen Quellen.

[31] Moor in der Nähe von Ulm - heute Europas größtes Hochmoor

Das Nachtgeschrei oder Wuetis

„'s Wuetis oder Nachtvolk versteht sich bekanntlich sehr gut auf Musik. Manchmal freilich wird aus der Musik auf einmal entsetzliches Katzengeschrei und das Volk nennt drum dies fliegende Volk auch das ‚Nachtgschroa'. Auch Menschen können von diesem Volke das Musizieren erlernen, nur müssen sie wissen, wie sie das anzufangen haben. Wer es probieren will, muß vor allem an eine Kreuzstraße gehen, natürlich in der Nacht, und zwar auf eine solche, auf der von überall her Leichen getragen werden, wenn man sie begräbt. Dort muß man sich hinlegen und darf weder reden noch lachen, wenn auch das Nachtvolk so manche lächerliche Frage stellt. Sonst ist's gleich aus und er lernt nichts. Von Wisamichelis in Owwa hat's einer einmal erlernt. Der hat alles so angefangen, wie ich es gesagt habe und als ihn dann das Wuetis fragte, was für ein Instrument er lernen wollte, hat er's gesagt, die Schwegelpfeife[32] wolle er spielen lernen. Da haben sie ihm die Finger auf die Pfeife gedrückt, daß das Blut unter den Nägeln hervorspritzte, aber gekonnt hat er's nachher." (SV)

[32] Schwegelpfeife oder Schwegel = Urform der Querflöte, die zur Trommel gespielt wurde.

Der wilde Jäger

Der Wilde Jäger war vormals eine hochstehende Persönlichkeit - ein Adeliger oder ein Oberjäger - der, anstatt an der Christmesse teilzunehmen, lieber seiner Jagdleidenschaft frönte oder ein solch frevelhaftes Leben führte, um daraufhin zur ewigen Jagd verurteilt zu werden. Auf einem Ross jagend wurde er von einer schwarzen Hundemeute begleitet.

Außer dem Jäger, der in alle Ewigkeit ein Wild jagen muss, erzählt die Volkssage von einem, der ebenfalls der Christmesse fern blieb. Auf der stattdessen angesetzten Jagd auf einen weißen Hirsch verwüsteten er und sein Gefolge die Felder und versprengten die Herden der armen Bauern und ritten die Hütte eines Einsiedlers nieder. Vom Einsiedler wurde er verflucht, in alle Ewigkeit vom Höllenfeuer, Dämonen und Höllenhunden nun selber gejagt zu werden.

Eine andere Erscheinung des Wilden Jägers macht Jagd auf weibliche Dämonen (Holzweiblein, Waldweibchen etc.). Die Jagd auf ein Moosweibchen dauerte sieben Jahre. Hatte er es nach sieben Jahren eingeholt, zerriss er es in lauter Stücke. Ein menschlicher Beobachter vermag die Verfolgten zu schützen, wenn er sie in seine Obhut nimmt, meistens wird er aber zum Zeuge, wie der Wilde Jäger die Frau tötet und als Jagdbeute über dem Sattel seines Pferdes liegen hat. In einer anderen Version der Sage erhält der Beobachter am nächsten Morgen ein Stück Fleisch oder Aas als Geschenk des Wilden Jägers, das ihm dieser mit den Worten zuwirft: „Hast Du geholfen jagen, sollst Du auch helfen nagen."[33] Andere Quellen sprechen von der verfolgten Person als der Konkubine eines Priesters.

Darüber hinaus erscheint - vor allem in den alpenländischen Sagen - ein Wilder Jäger, der mit seinem lärmenden Gefolge, zu dem auch Frauengestalten wie die Percht gehören, in den Rauhnächten auftritt.

Gegen den Wilden Jäger schützt, sich auf einen Pflug zu setzen, den Kopf durch Radspeichen zu stecken, den Mittelweg einzuhalten, auch ein Kreuz oder Weihwasser.

[33] www.sphinx-suche.de

Der wilde Jäger im Lautracher Wald

Er hatte zwei riesige, schwarze Hunde, die ihre feuerroten Zungen weit aus dem Maul hängten. Gerade an den „Seelentagen“ um Allerheiligen hörte man den wilden Jäger im Lautracher Wald durch das Gehölz toben und mit seinem weithin hallenden Ruf: „Hurrex-des! Hebs! Brr! Brr!“ erschreckte er die Leute. Oft sah man ihn nur als unheimlichen Schatten aus dem Unterholz hervor den Weg queren, jedoch hechelten immer zwei angekoppelte Hunde neben ihm her; mit großen, feurigen Augen und langen roten Zungen. Einmal, so erzählt die Sage, sah ein Schuhmacher den Jäger breit auf einem Baumstumpf hocken und die gespannten Leinen der Hunde versperrten den Weg wie Fallstricke. Als er sich durch das Dickicht einen neuen Weg suchte, versperrten die Hundeleinen erneut den Durchlass. „Du hast nichts Unrechtes getan“, dachte der wackere Schuhmacher und stieg über die Leinen weg, ohne sie zu berühren. Und siehe da: Weder der Jäger noch die Hunde konnten ihm etwas antun.[34]

---

34 www.narrenwiki.de

Wiedergänger und „Reiter ohne Kopf“

Seit Menschen mit bestimmten Riten bestattet werden, ist in allen Kulturen auch die Vorstellung vom Wiedergänger[35], dem Toten, der in seinem Grab keine Ruhe findet, verbreitet. Schon die Höhlenbewohner und Jäger der Frühzeit haben offenbar geahnt, dass der Mensch nach seinem Tod in anderer Form weiterexistiert. So gab man dem Toten Gaben mit ins Grab, die ihn in die andere Welt begleiten und ihm dort nützlich sein sollten.

Man legte aber nicht selten auch Steine oder Mammutknochen auf die Leichen: einerseits, um sie vor wilden Tieren zu schützen, andererseits jedoch, um die womöglich gefährliche Wiederkehr des „lebendigen Leichnams“ zu verhindern.

„Die berühmte Moorleiche eines 40 bis 60 Jahre alten Wikingers aus dem 2. Jahrhunderts v. Chr., gefunden in Dätgen bei Rendsburg, ist furchtbar verstümmelt: Der Kopf ist abgeschlagen, das Herz durchstochen, ein Arm und ein Bein sind gebrochen worden, zudem ist der Tote kastriert. Die Wissenschaftler vermuten, der Mann sei sozusagen mehrfach getötet worden, weil man ihn für einen potentiellen ‚Wiedergänger‘ hielt. Menschen, die zu Lebzeiten besonders gefährlich

[35] Anderenorts auch: Widergänger

schienen oder auf eine seltsame Art starben, standen im Verdacht, nach ihrem Tod das Grab zu verlassen und die Lebenden zu bedrohen. Die nachhaltige Zerstörung des Körpers macht den Toten ‚handlungsunfähig', durch die Versenkung abseits im Moor wurde er von den Lebenden ferngehalten."[36]

Tote, an denen die Totenbräuche nicht vollzogen wurden, konnten nicht ins Jenseits eingehen und kamen nicht zur Ruhe. Mag man den „Wiedergänger" und den „Reiter ohne Kopf" nicht im direkten Zusammenhang mit dem Wilden Heer sehen, so gehören sie, wie auch „Untote" oder „Aufhocker", doch zu dessen Umfeld. Handelt es sich doch bei den Wiedergängern nach dem Volksglauben um Verunglückte, Opfer ungesühnter Verbrechen, Selbstmörder oder Tote, deren Seelen aufgrund ihres Lebenswandels nicht erlöst wurden - wie ebenda.

Der „kopflose Reiter", der aus dem Nichts auftaucht, wird der Überlieferung nach des Nachts gesichtet. Er wird auch als eine Figur im Wilden Heer angeführt. Während die Seele - und damit der Kopf - im Fegefeuer blieb, war es dem Sünder gestattet, für ein kurze Zeitspanne auf die Erde zurückzukehren, um die Lebenden vor einer Gefahr zu warnen.

[36] Schreiber, Was von uns bleibt

Der Schimmelreiter

In der Sorgalpe, die unterhalb des Sorgschrofens zwischen Unterjoch und Jungholz[37] liegt, hat man früher oft einen Schimmelreiter gesehen. Seinem Erscheinen ging jedesmal ein starkes Tosen voraus, und oft kam es vor, daß ihn die Sennen über das Dach der Hütte hinreiten hörten. War das Vieh im Stall und ganz ruhig beim ‚Eindrucken' (Wiederkauen), so sprang es jedesmal ganz wild auf, streckte den Kopf in die Höhe und riß sich oft von dem Barren los, sobald er in die Nähe kam. Ritt er aber durch den Wald, so wurden alle Bäume unruhig, und es entstand ein starkes Brausen und Tosen, als ginge der stärkste Sturm. (KR)

Die Sage vom Rodensteiner

Aus der ersten Hälfte des 18. Jahrhunderts stammt die Sage vom „Rodensteiner". Das war ein kriegslüsterner Ritter, der Herr der Burg Schnellert im Odenwald, der trotz der Bitten seiner schwangeren Frau in den Krieg gezogen war. Seine Frau starb bei der Geburt eines Sohnes, hatte aber zuvor noch ihren Gatten dazu verfluchen können, immer bei einem drohenden Kriegsausbruch aus seinem Grab aufsteigen zu müssen, um die Leute zu warnen. Der Schnellertsherr soll an-

[37] Unterjoch = Oberallgäu, Jungholz = österr. Enklave im Allgäu

geblich 1914 zum letzten Mal gesehen worden sein.

Man erzählte aber auch, dass er mit seinem Zug die Felder fruchtbar macht und für reichliche Ernte sorgt: „Denn wo der Rodensteiner durch das Getreide zieht, wachsen die Ähren am höchsten und gedeihen die Äpfel prächtiger als anderswo." Es handelt sich um einem im Wind daherfahrenden Fruchtbarkeitsdämon, der gerade für das Getreide besonders wichtig ist.[38]

Die Sage vom Rodensteiner wurde von Larissa Anton unter dem Titel „Rodenstein und Schnellertsgeist - das Wilde Heer im Odenwald" verfilmt[39].

Hans von Hackelnberg

Hans von Hackelnberg war Oberjäger des Herzogs von Braunschweig und ein gewaltiger Waidmann, der 1521 gestorben sein soll. Eines Nachts träumte er, mit einem furchtbaren Eber zu kämpfen und ihm zuletzt zu unterliegen. Wirklich traf er am Tag darauf ein solches Tier und erlegte es nach hartem Kampf. In der Siegesfreude stieß er mit dem Fuß nach dem toten Eber und rief: „Hau'

[38] www.heinrich-tischner.de
[39] www.echo-online.de

nun, wenn du kannst!" Er hatte aber so heftig zugestoßen, daß der scharfe Hauer des Ebers durch den Stiefel drang und ihm den Fuß verletzte. An dieser Wunde musste er sterben. Auf dem Totenbett wollte er nichts vom Himmel wissen, und auf des Predigers Ermahnungen versetzte er: „Unserm Herrgott möge der Himmel bleiben, wenn nur mir meine Jagd bleibt". Worauf der Prediger sprach: „Nun, so jage bis zum Jüngsten Tag!" Und so geschah es bis heute[40].

Der Türst

Ein weiterer Verwandter Wotans ist der *Türst* - auch *Dürst* geschrieben - eine Sagengestalt aus dem Schweizer Luzern[41]. Seine Begleiterin ist die *Sträggelen*, ein ungehorsames Edelfräulein, das sich Kirche und Staat widersetzte, eigenwillig und selbständig handelte. Augenzeugen berichteten, wie der Türst vor ihren Augen Kinder verschlang. Die Gefolgschaft neben der Sträggelen - bei den Brüder Grimm als Hexe bezeichnet - bestand aus dem Voutisheer, dem Heer der Verdammten, der armen Seelen, die für ihre Untaten büßen mussten. Bisweilen ist auch die Pfaffenkellnerin dabei, ein Gespenst mit glühenden Augen, das früher ein Pfaffenliebchen gewesen sein soll. Der Fürst jagt

---

[40] www.zeno.org

[41] In einer französischen Legende der Edelmann Sire de Galerie

durch Dörfer, Wälder und Tobel. Wer seiner Aufforderung: „Drei Schritt uswäg, drei Schritt uswäg!“ nicht nachkommt, dem Gnade Gott[42]. Begleitet wurde er von einer Hundemeute. Die „Türsthunde“ waren daran zu erkennen, dass sie nur drei Beine hatten und der Leithund nur ein Auge.

Das nachfolgende Gedicht erzählt Herkunft und Schicksal vom Türst und seinem Edelfräulein.

[42] www.voutisheer.ch

Türst und Sträggelen

Im Entlibuch, da haust der „Türst“,
Ein gottverdammter Geisterfürst;
Er zieht, von Weib und Hund begleitet,
Durchs ganze Tal, bei Nacht, und schreitet
Hochragend über Dorf und Wald
In gräulich-riesiger Gestalt.

Ein Helm erglänzt auf seinem Haupt,
Aus dessen Schirm sein Antlitz schnaubt,
Mit schwarzem Bart und finstern Brauen
Und Augen, welche glühend schauen,
Und Wangen, welche hohl und fahl;
Sein Kleid, es ist von blankem Stahl.

Sein Weib so riesenhaft wie er,
Geht mit dem Hunde hinterher;
Ihr schwarz Gewand, das faltenreiche,
Berührt mit gold’nem Saum die Eiche;
Die Augen starren hohl und graß
Aus ihrem Antlitz leichenblass.

Das ist die „Sträggeln“ wohlbekannt,
Die reichste Jungfrau einst im Land,
Dem Waidwerk also heiß ergeben,
Daß nur im Wald sie mochte leben
Und höher Hörnerschall und Wild
Als Glockenklang und Messe hielt.

Ein Ritter kehrte bei ihr ein,
Ein junger Ritter, schlank und fein;
Woher er kam – er wollt’s nicht sagen:
„Ich liebe heiß, wie sie, das Jagen!“

Das war der böse Türst, der arg
Im Buhlen den Verderber barg.

Das heil'ge Christfeste tagte hell,
Da sprach zur Jungfrau der Gesell:
„Ei, lassen wir den Pfaffen plärren,
Er soll uns nicht den Wald versperren;
Der Himmel selber lacht ja d'rob –
Komm, liegen wir dem Waidwerk ob!"

Und schäkernd zogen sie zu Holz
Mit Speer und Bogen, Hund und Bolz';
Und wer sie traf, hat unter Zagen
Gebetet und ein Kreuz geschlagen.
Das Paar ging lästernd seinen Gang,
Bis Waldesdunkel es verschlang.

Vom Dorf kam mahnendes Geläut':
„Der Heiland ist erschienen heut!"
Allein es traf, schon halb verloren,
Hier wüste Herzen, taube Ohren.
Doch wie der letzte Ton verklang,
Hemmt stracks der Ritter seinen Gang –

Und spricht: „ Mein Wild hab' ich erjagt:
Ein schmuckes Weib, das mir behagt;
Du hast dem eigenen Gewissen,
Gott und der Kirche dich entrissen;
Jetzt wirst du – fürder einzig mein –
Wie ich, der Menschen Schrecken sein!"

Drauf streckte sich der Sohn des Fluchs,
Der böse Türst, und wuchs und wuchs;
Die „Sträggelnjungfrau" wuchs desgleichen
Hoch über Tannen, Buchen, Eichen;

Und auch der schwarze Rüde schwoll
Zum Ungetüme grauenvoll.

Und bis zum ersten Hahnenschrei
Zieh'n nächtlich jetzt die finstren Drei,
Hochragend über Felsen, Bäume,
Und ängstigen der Menschen Träume
Mit Hörnern, Heulen und Gebell -
Doch flieh'n sie Kreuzbild und Kapell'.

Und wo ein Glockenhall ertönt,
Aufwimmert laut das Weib und stöhnt;
Dann stößt der Türst ins Horn so grimmig,
Daß es zurückhallt tausendstimmig.
Und fester hüll'n ins Deckbett ein
Sich alle Schläfer groß und klein -

Und hier ein Schrei und dort ein Schrei:
„Das ist der Türst, Gott steh' uns bei!"
Der Waldgeist eilt mit Hund und Weibe -
Als ob ihn dies Gebet vertreibe -
Im Stundenschritt zur „Gadenmatt",
Wo sonst ein Forst gestanden hat.

Dort öffnet klaffend sich der Grund,
Und Flammen schlagen aus dem Schlund;
In diesen Abgrund steigt zur Stunde
Der böse Türst mit Weib und Hunde;
Dumpfdonnernd schließt sich dann der Riß,
Und drüber lagert Finsternis.

Johann Jakob Reithard[43]

---

[43] Züricher Balladendichter (1805 - 1857)

In einigen Kantonen der Schweiz ist man der Meinung, dass die Wilde Jagd mit betäubendem Lärm am häufigsten zur Advents- und Fastenzeit vorüberbraust. Auch glaubte man in den Schweizer Alpen, dass zu dem Wilden Jäger die Gespenster der Toten, die Göttinnen, die Riesen, die Hausgeister und auch Feen zählen.

Seltsamerweise scheint hier keine allzu große Furcht vor der Wilden Jagd bestanden zu haben. Schon in frühesten Zeiten fanden sich im Advent oder zu Neujahr junge Burschen vor den Dörfern zusammen, um zur Erinnerung an die antiken heidnischen Feste unter Schreien und Heulen die Wilde Jagd nachzuahmen. Einer von ihnen hüllte sich in Felle, so dass er einem Ziegenbock glich, der die Genossen bei einem wilden Lauf anführte. Das Konzil von Auxerre im Jahr 578 verbot dann diese Sitte.

Theoderich und Dietrich von Bern

In den Sagen um den Wilden Jäger nimmt die Gestalt des Theoderich[44], genannt der Große, eine interessante Rolle an.

Theoderich war ein König der Ostgoten. Als Dietrich von Bern[45] wird er in den deutschen Sagen und Dichtungen - Hildebrandtlied, Nibelungenlied, Dietrichsage - hochgehalten. Die Sage über Dietrich von Bern entspricht jedoch nicht den historischen Tatsachen. Während in der Dietrichsage dieser aus Oberitalien vertrieben wird und im Exil lebte, um bei seiner Rückkehr in der Schlacht um Ravenna, der „Rabenschlacht", sein Land zurückzugewinnen - was ihm nicht gelang - war Theoderich ein Eroberer, der das Ostgotenreich errichtete.

In frühen Aufzeichnungen des 12. Jahrhunderts wird Dietrich von Bern, ausgerüstet mit Jagdhorn, Falken und Hunden als Jäger und Führer der Wilden Jagd geschildert. Auch in einer italienischen Sage tritt Theoderich als Giovanni Diacono von Verona als Wilder Jäger auf. Theoderich wurde von den Christen als Ketzer betrachtet, da er die christlichen Philosophen Boëtius und Symmachus

---

[44] geb. 454 n. Chr. in der römischen Provinz Pannonien, gest. 526 in Ravenna

[45] nicht das heutige schweizerische Bern, sondern Welschbern, das Oberitalienische Verona

und den von ihm in Gefangenschaft genommenen Papst Johannes I. hinrichten ließ. Die Sage erzählt, dass Theoderich ein Streitross zugeführt worden sei - ein Rappe, der nichts weiter als der verwandelte Teufel war. In scharfem Galopp stürzte er sich mit seinem Reiter direkt in den Krater des Stromboli, der nach Meinung des Volkes das Flammentor zur Hölle war. Seitdem ist er von Deutschland bis nach Italien, in der Schweiz und in Österreich einer der kühnsten Anführer der Wilden Jagd.

Der treue Eckart

Der wilde Jäger fährt oft in stürmischen Winternächten über den Wald, wenn Frau Holle die Betten ausschüttelt, dass die Flocken wie Federn vom Himmel fallen. Und auch Frau Holle fährt mit ihm. Mit einer großen Zahl Geister wohnt er im Inneren des Hörselberges[46], aber wenn die Zeit gekommen ist, sieht man das Gelichter der Hölle zu Fuß und zu Ross zwischen den Bäumen und hoch durch die Lüfte jagen. Zuweilen erkannte man darunter Leute, die noch leben, und andere, die schon verstorben waren. Solche Gespenster gibt es in vielen Landen.

---

[46] bei Eisenach

Wenn nun der wilde Jäger mit seinem wütenden Heere auszieht aus dem Zauberberg, so geht ihm jederzeit ein alter Mann voraus, mit weißem Haar, der trägt einen Stab in seiner Hand, und das ist der getreue Eckart[47]. Wer diesem begegnet, wird von ihm gewarnt, zur Seite zu treten und die Augen zu schließen, dass er den Spuk nicht sehe, wenn er ihn auch hören muss. Daher ist das Sprichwort im Volke entstanden: Du bist der getreue Eckart, du warnst jedermann!

Sobald der Tag graut und der Hahn kräht, fährt all der Spuk in den Hörselberg zurück. Den lässt der treue Warner an sich vorüberziehen und setzt sich in die düstere Felsenspalte, wo er harrt und wacht und jeden warnt, der hinein will in die Venushöhle. Man hat in früheren Zeiten oft den Boden vor der Höhle glattgekehrt und am anderen Morgen Fußspuren von Menschen und Tieren in großer Menge gefunden. (NE)

Mit dem Venusberg werden oft die Hörselberge bei Eisenach oder ein anderer Berg nördlich der Alpen gleichgesetzt. Hier soll eine vor dem Christentum geflohene Göttin ihr Refugium gefunden haben. In Betracht kommen die germanische Totengöttin Holda, anderen Erwägungen nach die Liebesgöttin Freya. Das Venusbergmotiv in Verbindung mit dem Minnesänger Tannhäuser erscheint in zahlreichen literarischen Werken.

---

[47] Siehe auch Seite 80

Ein weiterer, bekannter Heerführer wird in den „Alpensagen" von Maria Savi-Lopez, einer italienischen Autorin des 19. Jahrhunderts, so beschrieben:

König Artus

„Noch jetzt führt im äußersten Norden Frankreichs König Artus die wilden Jäger an, in deren Begleitung sich zahlreiche Hunde befinden. Er reitet in ihrer Mitte, fürchterlich anzuschauen, mit der Peitsche in der Hand. Sie eilen pfeilschnell vorüber, als triebe sie ein Orkan dahin. Es scheint, als ob sie bei ihrem schwindelnden Ritt jeden Begegnenden über den Haufen rennen würden; im Nu aber sind sie entschwunden, um ebenso schnell am fernen Horizont wieder aufzutauchen. In dieser neuen Gestaltung des König Artus will man einen für die Jagd entflammten König erblicken, der während des Anhörens der Messe plötzlich viele Hunde unaufhörlich an der Kirche vorüberrennen sieht. Er vernimmt nur noch die Stimme seiner Leidenschaft, er hört nicht, wie es seine Pflicht war, an jenem Feiertage die Messe noch weiter an, sondern stürmt hinaus, den Hunden nach. Diese nehmen ihn in die Mitte, und infolge seiner hohen Stellung und seiner Tüchtigkeit als Jägersmann wird er der Führer der wilden Jagd."

Anteil an der Jagd

Ein Bauer ging einmal in die Berge, um dort Holz zu machen. Da zog dort der Wilde Jäger vorbei, zwar unsichtbar, aber man hörte das Bellen seiner Hunde. Zum Scherz rief der Bauer, er wolle ihm bei der Jagd helfen. Als er am Morgen des nächsten Tages in seinen Stall ging, sah er dort ein Viertel des Leichnams einer Moorfrau hängen, das heißt, seinen Anteil an der Jagd.

Zaubersprüche

Zaubersprüche gehören zur ältesten literarischen Form. Auch Wotan verwandte einen auf einem Ritt mit seinen Begleitern, als ein Pferd strauchelte und sich den Fußknochen verletzte. Es handelte sich dabei um den zweiten „Merseburger Zauberspruch"[48], dessen Passage: „ben zi bena, bluot zi bluoda, lid zi geliden, sose gelimida sin." (Bein zu Bein, Blut zu Blut, Glied zu Glied, als ob sie geleimt seien.) das Pferd wieder geheilt haben soll.[49]

Auch christliche Zaubersprüche gegen Dämonen - vor allem gegen Dämonen, die das Vieh verzauberten - gab es reichlich. „Gegen Viehpest und Feuersnoth" lautet der Titel des „letzten deut-

[48] Aus einer theologischen Handschrift des 9./10. Jahrh.

[49] s. auch S.: 136

schen Zauberbuchs"[50]. Daraus ein Spruch zur Abwehr von Unheil:

„Trottenkopf, ich verbiete Dir mein Haus und meinen Hof, ich verbiete Dir meinen Pferd- und Kuhstall, ich verbiete Dir meine Bettstatt, daß Du nicht über mich tröstest, tröste in ein ander Haus, bis Du alle Berge steigest, und alle Zaunstecken zählest, und über alle Wasser steigest, so kommt der liebe Tag wieder in mein Haus, im Namen Gottes des Vaters, Gottes des Sohnes und Gottes des heiligen Geistes. Amen."

[50] Wiemken, Helmut, 1980

In meinem Buch „Die Wilden Frauen“ findet sich ein Kapitel über die Verwendung von berauschenden Getränken und Pflanzen. So alt wie die denkende Menschheit sind der Genuss von Drogen und die damit verbundene außerkörperliche, ekstatische Erfahrung. Aus allen Kulturepochen gibt es Berichte, wie nach Einnahme von pflanzlichen Drogen oder berauschenden Getränken die Seele den Körper verlässt, um das Göttliche zu schauen, wobei ungewollt auch die gegensätzliche Wirkung, nämlich Horrorerlebnisse, eintreten können. Alle Zivilisationen verfügten über Mittel, um Transzendenzerlebnisse zu erfahren. Viele Heilkräuter heilen nicht nur, sondern können darüber hinaus zu Rauschzuständen, wenn nicht gar zu Wahnvorstellungen führen.

Professorin Mary Kilbourne Matossian von der Yale University berichtet in einer breit angelegten Untersuchung über Massenhysterien in der frühen Neuzeit, dass vor allem die ländlichen Unterschichten an Halluzinationen litten, die durch *Mutterkorn* im Essen, in der Scheune und selbst im Stroh, auf dem sie schliefen, hervorgerufen waren. In Alpträumen wurden unterbewusste Ängste aktiviert, und die Menschen sahen sich real bedroht von all den Wesen, vor denen sie sich traditionell fürchteten, u. a. Hexen, Werwölfe und Teufel, aber auch Räuberbanden etc.[51]

Der Mutterkornpilz produziert giftige Alkaloide, unter anderem Lysergsäure, aus der die Droge LSD hergestellt werden kann.

Bei den Orakeln der Rauhnächte[52] wurden alkaloid- oder atropinhaltige bewusstseinserweiternde Pflanzen wie das Bilsenkraut, die Alraune, der Stechapfel oder die Tollkirsche verwendet, die den Geist „erhellen“ und somit „hellsichtig“ machen sollten.

Günther Thömmes schreibt in seinem Buch „Das Erbe des Bierzauberers“ von einem „Antoniusbier“, das im 15. Jahrhundert ausgeschenkt wurde und aufgrund seiner Mutterkorn-Schimmelpilzkulturen einen Rausch mit LSD-ähnlichen Symptomen auslöste.

---

[51] www.wikipedia.org

[52] s. S.: 105

Nur eine Handvoll Späne

In den Zwölften geistert es in der winterlichen Flur. Geheimnisvolle Lichter leuchten bei den alten Steinkreuzen. Nebelgeister ziehen durch die Täler, durch die Lüfte saust und braust das Wilde Heer. Dieses ist in der Christnacht einem Wagner[53] begegnet. Ganz unerwartet schreckte ihn ein greller Schein, und hinter ihm ertönte ein dumpfes Schnauben. Als er sich umdrehte, sah er in der Luft zwischen lodernden Flammen feurige Männer auf funkenspeienden Rossen, Gestalten ohne Köpfe und noch viele andere verzerrte Dinge. Voll Entsetzen sprang der Wagner in den Wald, wo er sich im Dickicht verkroch. Lärmend jagte das Wilde Heer über ihn hinweg, bis plötzlich ein donnerartiger Krach die Luft erschütterte: „Verdammt, muss mir in dieser Nacht das Rad brechen, und unser Weg ist noch so endlos weit!“ Dem Grollenden entgegnete eine andere Stimme: „Fluche nicht, drunten im Dickicht hat sich ein Wagner verkrochen, der muss das Rad wieder herstellen.“ Schon zerrte ein feuriger Mann den Handwerker aus seinem Versteck und führte ihn zur Unfallstelle. Dort musste er das gebrochene Rad wieder ineinanderfügen. Obwohl der Wagner

[53] Handwerker, der Räder, Wagen und anderes landwirtschaftliches Gerät aus Holz herstellt.

nur eine Handvoll Späne als Lohn erhielt, war er froh, als das Wilde Heer wieder davonraste. Belustigt warf er einen Teil des seltsamen Lohnes auf den Weg. Daheim wollte er eben den Rest im Ofen verbrennen, als er eine wunderbare Wandlung feststellte: die Späne waren pures Gold geworden. (NE)

Vom Wuteshere zu Mösskirch

Im jar 1550 hat man das wuteshere zu Mösskirch[54] gehört. Das ist in ainer nacht zu herpstzeiten nach den zehen uhren vorm Banholz mit einer grosen ungestimme über die Ablach uf Minchsgereut gefaren, und als das ain guete weil daselbs umbher terminiert, ist es die Herdtgassen herabkommen und dann neben dem siechenhaus und unser Frauwen über die Ablachbrucken, dem bach nach an der stat, die Katzenstaig hinauf, mit aim wunderbarlichen gedöß, lauten geschrai, clingln und aim grosen luft, so das getriben. Es ist nachgends, das sollichs die wächter uf dem thurm und ander in der stat wol hören megen, aber finstere und verre halb gleichwol nichs sehen künden, dem Herdlin zugefarn, daselbs hindurch neben Rordorf ins Hardt; ist auch noch dieselbig nacht geen Feringen an der Lauchard kommen. Da ist der blast

[54] das heutige Meßkirch, Landkreis Sigmaringen, Baden-Württemberg

von dem alten burgstall hinab und durch das stetlin hindurch mit groser forcht der burger und zugehörer getriben worden.

In derselben nacht, als das wüetend here zu Veringen passiert, do ist nachts umb die zwelf uren ungefärlich ain wächter uf der gasen gangen, mit namen Hanns Dröscher, der hat die stund wellen ußrüefen. In dem ist das geschell angangen und vom alten schloß herab kommen. Da hat etwa ruf dem markt daselbsten ine angeschrieen: „Mano! mano!" Der guet wächter hat im gefürcht und wol gemerkt, das es nit recht zugang, hat nit gleich kommen oder antwurten wellen. Der ander hat das schreien und rüefen so lang getriben, das doch der wächter letstlich zu im gangen.

Do hat er ain forchtsammen man, beclaidet wie ein kriegsman, gefunden; dem ist das haupt in zwai thail biß an hals gespalten gewesen, das der ein tail uf der achslen gelegen, und hat der wund man oder das gespenst den wächter gebetten, er soll im den kopf wider zusamen binden, damit er dem andern haufen gefolgen mege, und hiemit hat er ein zweheln user dem wammas oder ermel gezogen, damit er ine verbinden solle. Der guet wächter ist ganz erchrocken, hat sich entschuldiget, er kinde ine nit verbinden, eien it sein handwerk, aber er welle im gern ein scherer oder barbier holen, dann es war sein mainung, sich von ihm abzustreifen.

Aberr der ander wolts nit zulassen, trang darauf, das der wächter ine letstlich verbünden muest. Indessen zaigt er dem wächter an, wie er von Veringen bürtig und ime in aim krieg das haupt seie von ainandern gespalten worden, iezo in der rais mit dem wueteshere. Dankt im darbei des verbindens und sprach, er sollte im nit nachsehen, dann es ime sonst nit glücklichen würde ergeen. Damit schieden sie von ainandern. Nit waiß ich, ob der wächter im nach het gesehen, oder nit. Der wächter gieng heim, wardt krank und legt sich nider. Desselbigen legers lag er sechzehen ganzer wochen zu bet, das er darzwischen weder wenig oder vil reden was. Das ist also gewisslichen beschehen, und lebt der wächter noch heutigs tags zu Veringen.

Aus: „Zimmerische Chronik", Mitte 16. Jahrhundert, eine der ersten Aufzeichnungen vom Wilden Heer, Schreibweise nach dem Originaltext[55].

[55] www.wikipedia.org

Die Wilde Jagd im Wendbachgraben

Ein Bauer ging in einer der Rauhnächte durch den Wendbachgraben heim nach Ternberg[56]. Die Nacht war klar und der Schnee hart. Am Firmament funkelten die Sterne. Eine herrliche Winternacht! Da machte selbst ein langer Heimweg Freude. Und weit hatte der Bauer ja nicht mehr zu gehen.

Aus der Ferne war mit einem Mal ein Säuseln zu hören. Das wurde langsam lauter und lauter. Es schwoll zu einem Wiehern und Gackern, Brüllen und Grunzen. Der Bauer hatte es kaum wahrgenommen - und schon tobte rund um ihn herum die Wilde Jagd. Es war, als ob Tiere aus aller Herren Länder durch die Luft brausten. Vor Schrecken war er starr. Nicht einen Mucks konnte er machen.

Da fiel ihm aus dem wilden Treiben eine Kette vor die Füße und eine Stimme rief: „Påck ån!" Was sollte er tun, der Bauer? Greift er zu, dann reißt es ihn vielleicht mit. Lässt er die Kette aber liegen, dann geht es ihm vielleicht erst recht schlecht. Verdattert hob er sie auf - und wickelte sie schnell um den nächsten Baum. Gleich darauf zog es an der Kette, immer fester und fester. Fast hätte es den Baum ausgerissen. Dann ließ es wie-

---

[56] im Traunviertel, Oberösterreich

der nach. „Bauer, du håst Mut und Kråft!“, rief die Stimme wieder, „ziag deine Stiefel aus!“ Zögernd machte der Bauer, was ihm angeschafft worden war. Gleich darauf brach ein kapitaler Hirsch aus dem Unterholz. Vor dem Bauern sackte er nieder. Das Blut schoss ihm aus einer Wunde. „Füll deine Stiefel mit dem Bluat ån“, rief die Stimme wieder. Das tat der verschreckte Bauer.

Kaum waren die Stiefel randvoll mit dem Blut des Hirschen, sprang der auf und war mit einem Satz davon. Auch die Wilde Jagd tobte weiter. Bald war nur mehr ein feines Säuseln zu hören. Dann herrschte wieder Ruhe. Die klare Nacht lag über dem Land. Die Sterne blinkten. Alles war, als ob nichts geschehen wäre.

Schnaufend schleppte der Bauer seine Stiefel mit der schaurigen Suppe heim. „Du wirst das net glaub'n, wos i heut erlebt hab“, sagte er zu seiner Frau.
„Nau, wås wird des schau sei'!?-“
„Na, de wüde Jagd is ma unterkema.“ - „Ah, geh, des büdst da netta ei'! Håst z'viel g'soff'n?“
„Gånz und går net! Schau her: Wia meine Stiefön ausschau'n!“ Er hielt der Bäuerin die Stiefel hin zum Beweis. - Jetzt staunte er aber selbst am meisten: Die Stiefel waren randvoll mit lauter Gold. (SO)

Ein Heer zieht vorbei

In einem Dorf beim Untersberg saß einst eine Frau in der Laube ihres Hauses. Da erblickte sie vor dem Tor drei Männlein, die um Einlass baten. Die Kleinen verlangten nach Speise, und die Frau gab ihnen zwei übriggebliebene Krapfen. Als die Männlein nach der Zeche fragten und die Frau nichts annehmen wollte, sprachen sie: „Du darfst uns nichts schenken“, und legten drei Münzen unter das Salzfaß. „Willst du wissen, wer wir sind?“, fragten sie dann.

„Das möchte ich schon wissen“, entgegnete die Frau, „wenn es mir nicht schadet“.

„Wir sind vom Untersberg und ziehen nach Spanien; uns folgt ein großes Heer[57]. Schließ den Laden, wenn die Schwarzen kommen; ziehen aber die Weißen vorbei, so darfst du öffnen!“

Hierauf verließen die Männlein das Haus, und nun kam ein Zug von kleinen Kriegern, der eine volle Stunde währte. Der Zug war in Scharen abgeteilt, an der Spitze jeder Schar ritt ein Führer. Vier Rössl, kleine Pferde mit Reitern, waren immer nebeneinander, weiße oder schwarze, je nachdem, ob sie weißen oder schwarzen Scharen vorantrabten. Alle hatten Lanzen oder Schwerter. Den Schluss aber machte ein großer schwarzer Hund. (HÖ)

---

[57] Das Heer, dessen Erscheinen Krieg oder anderes Unheil ankündigt.

Die Muetes im Buschelberg bei Ottobeuren

Unweit der alten Michelskapelle auf dem Buschelberg bei Ottobeuren führte ehedem ein Gang in die Tiefe des Berges. Das „Teufelsloch“ wurde der Eingang genannt; denn die ersten Boten des Christentums sollen eine Menge schlimmer Geister in die Tiefe dieses Berges gebannt haben, wo sie dann ihr heidnisches Wesen weiterhin getrieben hätten. Aber diese gebannten Geister reißen bisweilen immer einmal wieder aus, besonders in den „sündigen Nächten“ der Fastnachtszeit. Auf Hunderten von Geisterrossen stürmen sie dann dahin, und am nächsten Morgen kann man noch rings um den Buschelberg ungezählte Hufspuren sehen. (EW)

Das Muetes und der Marte zu Ruben

In Tiefenbach[58] wurde das Muetes am häufigsten auf dem Kapf gehört, wo es vorbeizog, dann gewöhnlich den Lauf über die Seegâdra nahm, einer nahen, felsumschlossenen, moosigen Wiese, um von da Rubi zuzuziehen. Anfänglich hörte man dabei jedesmal wunderbare Musik, die dann aber allmählich in wilden Lärm und schreckliches Geheul überging.

---

[58] Oberallgäu

Einmal nahm es in Ruben den Marte mit, einen Wilderer, der wahrscheinlich gefrevelt, d. h. sich bei seinem Herannahen nicht niedergelegt hatte. Es trug ihn in den Lüften so schnell dahin, daß er kaum wußte, wie ihm geschah. Auf einmal befand er sich in einem großen, schönen Saal. Da wurde gar wunderschöne Musik aufgespielt; lieblicher Gesang ertönte dazu, und viele, viele Leute, Männer und Frauen, schritten hin und her, und ging es so lebhaft zu, als wäre ein Markt hier. Wie der Marte da verwundert so zusah, glaubte er plötzlich, eine ihm gut bekannte Wirtin unter der Menge zu erkennen, und so konnte er sich vor Verwunderung nicht zurückhalten und schrie der Frau zu: „Ja grüeß Gott, Stasel! Bist du auch da?" Er aber, „Grüß Gott!", sagen und der ganze Saal mit allen Leuten und aller Pracht verschwinden war eins. Der Marte aber sah jetzt, daß er in einem schrecklich wilden Dufenmoos stecke, aus dem er sich fast gar nicht herausarbeiten konnte, und er lange, lange brauchte, bis er wieder heimfand. (KR)

Die Wilde Fahrt in der Strinde

In der Strinde, einer Alpe im Thannheimer Thale[59], hörten die beiden Hirten einmal mitten in der Nacht ein ungemein starkes Tosen, dann wildes Schellen- und Glockengeläute und furchtbaren

[59] heute Tirol/Österreich, früher Oberallgäu.

Lärm. Da glaubten sie nichts anders, als ihre ganze Herde sei verwildert und wolle ihnen davonlaufen, und so sprangen sie so rasch wie möglich auf und hinaus, um sich ins Mittel zu legen. (EW)

Das Wüetes im Kreuzhaus

Im Feldkircher Geißzipfel fährt das Wütige Heer durch ein Kreuzhaus. Unter Tosen schlägt es die Türen auf und schließt sie wieder. Es heißt, wenn man den Wüetes hört und große wilde Männer in die Stube treten, soll man ihnen zu essen geben oder auftragen, dann gehen sie wieder, ohne Arges zu tun. Doch alle, die im Rausche sterben, haben sie in ihrer Gewalt. Sie reißen sie mit, und verkehrt auf ihren Rossen sitzend, müssen sie durch die Luft jagen. (VS)

Die schwarze Kutsche

Einst ging ein Mann des Nachts an einem großen Wald vorbei, da fuhr mit lautem Getöse eine Kutsche heraus. Sie ward von vier schwarzen Rössern gezogen. Der Mann blieb wie angewurzelt stehen und hatte schreckliche Furcht. Das heranrollende Gefährt hielt knapp vor dem Verängstigten. Eine laute Stimme rief plötzlich aus dem Wageninnern: „Setz Dich auf! Setz Dich auf!“ Da aber der Mann niemanden in der Kutsche erblickte, lief es ihm eiskalt über den Rücken. Von Furcht gelähmt, stand er am Straßenrand und verspürte keine Lust, der Aufforderung nachzukommen. Am ganzen Körper zitternd presste er zwischen den klappernden Zähnen ein „In Gottes Namen, was ist denn das?“ hervor. Kaum hatte er diese Worte über die Lippen gebracht, machten die Rösser kehrt und rasten mitsamt der Kutsche wieder in den Wald zurück. Als sie dort verschwunden war, brach ein Krachen und Bersten im Walde los, als würde dieser zusammenbrechen. In diesem Höllenlärm gingen Rösser und Kutsche in Flammen auf und brannten lichterloh in der Nacht. (NE)

Das Weiße Pferd von Giornico

Einst wohnte in Giornico[60] ein Mann. Der hatte ein schneeweißes Pferd. Es ging von ihm die Sage, er sei ein Hexenmeister, und häufig sahen ihn die Bewohner aus seinem Dorf wegreiten auf seinem von ihm unzertrennlichen Schimmel.

Zur damaligen Zeit hätten die Bauern von Giornico gar gern eine Alp gehabt und beauftragten den Mann mit dem weißen Pferd, ihnen eine solche zu verschaffen. Dieser versprach es, und eines Nachts streifte er zu Pferd über all die Alpweiden des Livinentals und fand dabei, dass die Alp Cri-

[60] Tessin/Schweiz

stalline im Bedrettto-Tal die schönste von allen sei. Er suchte sie für seine Landsleute zu erwerben. Die Alp gehörte jedoch der Gemeinde von Bedretto.

Die Bürger von Bedretto zeigten sich geneigt, den Bauern von Giornico ihre Alp abzutreten unter der Bedingung, dass diese ihnen auf den St. Martinstag eine „stei“, d.h. ein Maß von fünfundzwanzig Litern, voller Geldstücke gäben. Dabei waren aber die Bedrettesen der Meinung, dass die Geldstücke aus Gold bestünden. Sie wurden jedoch arg enttäuscht und erhielten als Zahlung bloß solche aus Kupfer und Messing.

Der Betrüger starb aber bald nach dieser schlechten Tat. Gott der Herr verurteilte ihn dazu, dass er mit seinem weißen Pferd fortwährend das Tal Valle Torta durchstreifen musste. Das war ein Teil der Alp Cristallina. Viele Jahre lang erschreckte er mit seinem weißen Pferd die Hirten der Umgegend. Er rief Lawinen hervor, versetzte Kühe und Geißen in Schrecken und bewirkte, dass sie in großen Sprüngen davonjagten oder auch in ihrer Verwirrung über eine Felswand stürzten. Auch raubte er manchmal die Käselaibe aus den Alphütten. Vor lauter Angst getrauten sich die Sennen und Hirten nachts nicht mehr aus ihren Blockhütten, denn sie fürchteten, wenn der weiße Reiter sie sähe, würden sie vor Schreck vom Schlag getroffen.

Schließlich wurde es ihnen zu arg. Sie ließen den Pfarrer von Bedretto kommen, der die Alp segnen musste. Von da an wurde das weiße Pferd mit seinem gespenstischen Reiter nicht mehr gesehen, und die Hirten hatten fortan Ruhe. (WK)

Der Reiter ohne Kopf

Am Heiligen Abend sah eine Bäuerin auf dem Weg zur Christmette unweit eines Kreuzstöckls einen Reiter. Ganz langsam ließ der dort sein Ross herumtänzeln. Es war ihr, als ob der etwas suchen würde. „Sonderbar", dachte sie sich. Als sie näher kam, sah sie voller Schrecken, dass der Reiter keinen Kopf hatte. Da wusste sie, was der Reiter suchte. Vor Entsetzen traute die Bäuerin sich nicht, sich zu rühren. Es dauerte eine Ewigkeit für sie, bis die Geisterstunde herum und damit der Spuk zu Ende war. Der Reiter ohne Kopf wurde in der Gegend auch von Hirten beobachtet, wie er mit drei anderen Gestalten noch einmal den Kampf vollzog, der ihnen seinerzeit das Leben gekostet hatte. (NE)

Der Wiederkehrende Tote

In Biasca[61] war ein Mann vom Dach eines Hauses gestürzt und wurde in verzweifeltem Zustand von mitleidigen Leuten nach Hause getragen. Dort starb er nach furchtbarem Todeskampf, ohne daß er weder mit seiner Frau Magdalena noch mit seinen Kindern ein Wort mehr sprechen konnte.

Er war bei vielen Unternehmungen beteiligt gewesen. Nach seinem Tod erschienen bei der Witfrau viele Gläubiger. Sie bezahlte alles. Aber sie war wenig auf dem Laufenden über die Schulden und Guthaben ihres verstorbenen Mannes, und sie wusste auch nicht, wieviel die Summen ausmachten, die sie zu zahlen hatte, weil sie nicht alle die nötigen Abrechnungen und Papiere besaß. Deshalb geriet sie in Verwirrung und Aufregung. In ihrem Gebet flehte sie Tag und Nacht zum lieben Gott, daß er ihren Mann noch einmal in diese Welt zurückkehren lasse, und wäre es auch nur für wenige Stunden oder die Zeit, die dringend nötig war, um sie über die zahlreichen wichtigen Angelegenheiten der Familie und des Geschäftes in Kenntnis zu setzen.

Und diesen ihren sehnlichsten Wunsch teilte sie auch dem Herrn Pfarrer im Dorf mit, der zu ihr sagte: „Bedenke wohl, Magdalena, dass die Toten

[61] im schweizer Kanton Tessin

höchst selten in die Welt zurückkehren; denn sie müssen, um diese weite Reise zu unternehmen, schreckliche Qualen erdulden. Und ferner drängt es mich, euch darauf aufmerksam zu machen, daß ihr nicht den Mut hättet, mit eurem Mann zu sprechen, auch wenn er auf die Erde zurückkehren dürfte."

„Wieso", erwiderte die Witwe, „sollte ich mich nicht getrauen, mit meinem Mann zu sprechen? An Mut fehlt es mir keineswegs. Ich fürchte mich nicht im geringsten."

Und sie wiederholte ihren Wunsch im Gebet immer wieder. Eines Nachts befand sich Frau Magdalena im Bett, als sie hörte, wie jemand die Haustür öffnete. Dann vernahm sie den Schritt eines Menschen, der die Treppe heraufstieg, und sie erkannte deutlich die wohlbekannte Gangart ihres seligen Mannes. In diesem Augenblick war all ihr Mut verschwunden. Sie versteckte sich unter ihren Bettüchern und getraute sich kaum mehr zu atmen.

Jetzt hörte sie, wie der Mann die Schlafzimmertür öffnete, wie er eintrat, sich ihrem Bett näherte und dort unbeweglich stehenblieb, in der Erwartung, dass sie mit ihm rede. Aber sie brachte kein Wort hervor, dermaßen hatte die Furcht sie gepackt. Eine Weile nachher hörte sie ihn im Zimmer umhergehen, und es schien, als ob er warte, bis sie spreche. Magdalena aber presste sich das Herz zusammen, und sie hielt auch so gut als möglich den Atem zurück. Der Verstorbenen blieb noch eine Zeitlang im Zimmer, bald auf und niedergehend, bald vor ihrem Bett stille stehend.

Endlich aber, des Wartens müde, öffnete er die Zimmertür, schloss sie mit Lärm hinter sich zu, eilte polternd die Treppe hinunter und dann zum Haus hinaus, wobei er die Haustür mit einer solchen Wucht ins Schloss warf, dass das ganze Haus erzitterte.

Am anderen Morgen begab sich die Witfrau, noch ganz bebend vor Aufregung, zum Pfarrer und erzählte ihm alles, was diese Nacht geschehen war. Der Geistliche tadelte sie heftig und sprach: „Hab ich es Euch nicht gesagt, dass ihr den Mut nicht hättet, mit dem Toten zu reden. Ihr könnt Euch die furchtbaren Qualen gar nicht vorstellen, die der arme Mann erdulden musste, um wieder bis in sein Haus zu kommen. Und nun hat er Euren Wunsch gleichwohl nicht erfüllen können."

Magdalena wusste nicht, was sie darauf antworten sollte. Doch begriff sie jetzt, daß sie an ihrem seligen Mann ein großes Unrecht begangen hatte, der ihr zuliebe zurückgekehrt war und dessen Grabesruhe sie gestört hatte. Sie bereute es tief, aber es war zu spät. (WK)

Totenführer ins Jenseits

In den Sagen der rätoromanisch sprechenden Schweiz ist das Pferd der Totenführer ins Jenseits. Zu Nivagl-Obervaz begegnet ein junger Bursche auf der Heimfahrt vom Hengert einem Reiter auf weißem Roß, ganz in Feuer und Flammen daherrasend, der ihn anschrie, das dumme Nachtfahren aufzugeben, das diesen Strafritt ihm eingetragen habe. Kaum hatte der Bursche rennend das Dorf erreicht, als er das Verscheidnisläuten hörte. Er vernahm, daß gerade der soeben verschieden sei, den er gut kannte und der ihm als Reiter begegnet war.[62]

Der Wilde Mann jagt

Der Wilde Mann ist stark und riesengroß, hat aber kleine Füße, er ist „kurz an der Schaufel", wie der Volksmund sagt. Er trägt einen breiten Hut und jagt während der Dämmerung oder nachts, von dreifüßigen Hunden begleitet. Wer der Jagd allein begegnet, muß sich auf das rechte Wagengeleise[63] legen, so er unbehelligt davonkommen will. Werden mehrere Leute auf freiem Feld vom „Wilden Gejahd" überrascht, so müssen sie sich wie die Speichen eines Rades im Kreise legen, die Köpfe

---

[62] aus: Christian Caminada, Die verzauberten Täler

[63] die rechte Wagenspur auf Feldwegen

nach der Mitte. Wer nicht auf dringenden Wegen ist oder sich nicht zu bergen vermag, dem wirft der Waldmann ein schmerzendes Häkchen in den Rücken, von dem er erst nach einem Jahr wieder befreit werden kann. (HÖ)

Alfred Kubin, Rauhnacht, 1925

2. Teil

Das Nachtvolk

„Auch unsere Träume und unüberwachten Phantasien bereiten die Ereignisse nicht vor, die sie für uns bereit halten ... “

Das Nachtvolk

Keine anderen Sagengestalten als das Nachtvolk finden sich häufiger in den Sagensammlungen der Alpen. Die bevorzugten Nächte für den Auftritt des Nachtvolks sind die Rauhnächte zwischen Weihnachten und Dreikönig, in denen es dann zu Saitenklang, Flötenspiel, Trommeln und Paukenschlag die Wege unsicher macht. Die Musik, die dabei ertönt, soll von überirdischer Schönheit sein. Deshalb gibt es auch Leute, die vom unheimlichen Treiben des Nachtvolks fasziniert, dieses abpassten, was allerdings mit Gefahren verbunden war. Der Volksmund erzählt, dass jenen Leuten schmerzhafte Dinge widerfahren seien. Die vom Nachtvolk zugefügten Schmerzen verschwanden erst dann wieder, wenn man sich ein Jahr später zur selben Zeit am selben Ort einfand, sofern man den Mut dazu aufbrachte.

Das Verhalten des Nachtvolks ist zwiespältig: Manchmal ist es freundlich, und wer mit ihm umgehen kann, den lehrt es unter Umständen das Musizieren. Wer nicht aus dem Weg geht, neugierig oder spöttisch ist, den bestraft es mit Entrückung, Blendung, Krankheit oder einem Hieb mit dem Beil. Es sei denn, man hat vorher Weihwasser genommen, dann weiß das Nachtvolk nichts mit einem anzufangen[64].

Manche, denen das Nachtvolk begegnet, entdecken im Zug der Vorüberfahrenden einen verstorbenen Nachbarn oder Verwandten. Überhaupt kündet es oft einen Tod an.

Aus Vorarlberg stammt, dass man beim Vorbeizug des Nachtvolks eine liebliche Musik und mitunter das Weinen kleiner Kinder hören konnte. Wurde nämlich nach dem Aveläuten ein Kind vom Nachtvolk auf der Straße beim Spiel erwischt, so musste dasselbe durch die Lüfte mitfahren. Auch Hexen begleiteten das Nachtvolk: „Auf der Hintern Alma[65] war noch vor zwanzig Jahren am Wege ein Stein zu sehen, welcher deutliche, tiefe Hand- und Fußspuren von einer Hexe trug, welche hier auf der wilden Fahrt ausruhte. Nur ein kleiner, gelenkiger Bub konnte jene verkrüppelte Stellung annehmen, welche durch die Hand- und Fußspuren der Hexe angedeutet war." (SV)

Das Nachtvolk unterscheidet sich vom Wilden Heer in mancher Hinsicht. Es brauste nicht durch die Lüfte, sondern zog in angemessener Geschwindigkeit in geringer Höhe durch die Ortschaften. Dabei kommt es nicht mit Rasseln und Stöhnen daher, sondern mit einer „himmlischen

---

[64] www.galileo.telesis.at
[65] bei Bludenz, Österreich

Musik, als täten Engel aufspielen".[66] Entgegen den gräulichen Erscheinungen des Wilden Heeres trägt das Nachtvolk oft weiße Mäntel, die als „Jenseitskostüm" bezeichnet wurden.

In Dietrich Jecklins 1878 erschienener Sagensammlung, „Volksthümliches aus Graubünden", heißt es: „Oft sind sowohl beim wüthenden Heere, als auch beim Nachtvolke zwei Züge, ein männlicher und ein weiblicher, die bald vereint, bald getrennt, die Gegend durchstreifen. Wie Wuotan beim wüthenden Heere und Eckard beim Nachtvolke die Führer sind, leiten Frau Holda und Berchta, die milden, freundlichen Göttinnen, auf einem mit zwei Katzen bespannten Wagen daher fahrend, den weiblichen Zug; seltsame Gestalten folgen auch hier der Führerin, es sind aber lauter Frauen und Kinder.

Ihr Umzug ist das Zeichen eines guten künftigen Jahres; bleiben sie aber aus, ist's ein Zeichen ihrer Ungunst, ihres Mißfallens und sicherlich sieht man dann einem bösen Jahre entgegen. - Hat das Nachtvolk Musik mitgebracht, und wird es von Holdas oder Berchtas Zug begleitet, so freut sich der Gläubige einer gesegneten Zukunft."

In einigen Sagen aus Vorarlberg, den Walsertälern und dem Berner Oberland wird das Nachtvolk zeitweilig mit einem Feenvolk verglichen, das den

---

[66] aus einer Vorarlberger Sage

Ein seltsamer Pakt

An einem Februarabend des Jahres 1578 trafen sich in Oberstdorf zwei Hirten beim Wein und spekulierten über die letzten Dinge. Am Ende ihres Gesprächs schlossen sie einen seltsamen Pakt: Wer von ihnen als erster sterben würde, der solle zurückkehren, um dem anderen über das Leben im Jenseits zu berichten. Acht Tage später starb der eine der beiden Vertragspartner und erschien bald darauf seinem Zechkumpanen Chonrad Stoeckhlin, um sein Versprechen einzulösen. Dieser unternahm von nun an mehrmals unter der Leitung eines von dem Verstorbenen geschickten „Engels“ Seelenreisen in das Totenreich.

„Wenn ihm sein Führer erschien, fiel Stoeckhlin in eine Art Trance. Sein Körper blieb regungslos auf der Stelle liegen, während seine Seele sich vom Körper löste und seinem Seelenführer, dem Engel, folgte. Die Teilnahme an diesen Reisen war nicht freiwillig, und sie war nicht immer angenehm. Es wurden weite Strecken zurückgelegt. Die Fahrt, an der Männer wie Frauen teilnahmen, dauerte Stunden.“[70]

Doch was an alte Volksüberlieferungen und schamanische Praktiken erinnern mag, sollte für den Oberstdorfer Hirten ein grausiges Ende nehmen. Stoeckhlins Erzählungen über seine „Nachtfahr-

[70] Behringer, Chonrad Stoeckhlin und die Nachtschar

ten“ und verschiedene andere Vorfälle brachten ihn in den Verdacht, mit dem Bösen im Bunde zu stehen. Er wurde nach einem „Hexenprozess“ auf dem Scheiterhaufen verbrannt.[71]

Das Nachtvolk verspeist eine Kuh

Ein Hirte hatte einmal im Herbst bei der Abfahrt von der Alpe eine schwarze Kuh vergessen und ging nun hinauf, sie zu holen. Er fand die Kuh am Stofel[72] liegend. Da aber schon die Dämmerung einfiel, stellte er dieselbe in die Alphütte, während er selbst sich in der Hütte auf die Pritsche legte. Es mochte Mitternacht gewesen sein, da ward er durch einen großen Lärm aus seinem Schlummer geweckt und sah unter sich im Gemach einen Haufen fremde Leute, die eifrig mit Kochen, Sieden und Braten beschäftigt waren.

Der Hirte sah ihnen eine Weile zu. Je länger er dies tat, um so unheimlicher wurde ihm bei der Sache. Plötzlich rief ihm einer der Leute zu: „Los du da oben auf der Pritsche, magst du kein Fleisch?“ Der Hirte antwortete: „Ja, ich mag!“, und darauf musste er herab von seiner Lagerstätte und mithalten. Das Fleisch war gut, aber auf einmal merkte er, dass seine schwarze Kuh im Stalle

[71] Wolfgang Petz in „Heimat Allgäu“ 1/09
[72] Stofel = Lagerplatz

draußen ein ungeheures Loch im Leibe hatte und dachte: „Die Kerle haben das Fleisch meiner Kuh aus dem Leibe geschnitten und bis es Morgen wird, fressen sie dieselbe ganz auf." Er machte aber wohlweislich vor den fremden Gästen seinem Ärger nicht Luft. Nachgerade fingen die Leute an zu musizieren und zu tanzen, dass die Alphütte fast aus den Fugen ging. Der Hirte schaute stillschweigend zu, bis ihn einer der Fremden fragte: „Willst du nicht Musik lernen?" „Ja, recht gerne", sagte er, „besonders gerne würde ich Flöte spielen." Da gab dieser ihm eine Flöte in die Hand und wies ihn an, nur tüchtig zu blasen. Er tat, wie ihm befohlen, und siehe da, er konnte die Flöte gar zierlich und lieblich blasen, als hätte er es jahrelang gelernt. Er hatte nicht gewusst, daß er ein solcher Musikus war. In der Freude über die plötzlich errungene Kunstfertigkeit hatte er die schwarze Kuh im Stall draußen ganz und gar vergessen. Bei Tagesanbruch fuhren die Fremden ab; der Hirt schaute ihnen nach, und dabei sah er an der Türe der Alphütte eine Haut ausgespannt. Sie glich jener seiner schwarzen Kuh. Als es vollends Tag geworden war, war die Kuhhaut an der Tür verschwunden. Der Hirt sah seine Kuh unversehrt in der Alphütte stehen und die Flöte, die er in der Nacht so trefflich geblasen hatte, war ihm geblieben, und er nahm sie und die schwarze Kuh mit nach Hause.[73]

---

[73] www.walser-alps.eu

Ob in den Allgäuer, den österreichischen oder Sagen aus der Schweiz über das Nachtvolk wird allenthalben von einer nächtlichen Gesellschaft berichtet, die ein Haus aufsucht, um dort fröhlich zu zechen. Doch am Morgen darauf sind alle Speisen unvermindert wieder da.

Wie in anderen Sagen erzählt, betrieben auch die „Wilden Frauen" Knochen- oder Jagdzauber. Aus den Knochen eines getöteten Tieres konnten sie wieder ein lebendiges entstehen lassen. Die Erzählung über den Jagdzauber ist in den Sagen und Mythen fast aller Völker der Welt zu finden wie etwa bei „La Loba", der Wolfsfrau, aus Mexiko.

Die Geschichte von La Loba erzählt, wie die Wilde Frau über den Knochen eines getöteten Wolfs singt, die sie sorgsam zusammengetragen hat, und dadurch geschieht das Wunder: Die toten, zusammenhanglosen Einzelteile werden neu belebt.[74]

---

[74] aus: Niehörster, Wilde Frauen

Die selige Gesellschaft

Aus Luzern wird von einer Frau berichtet, die bei einem alten Ratsherrn gedient hat. Dieser und seine alte Hausmutter standen im Rufe, mit den Seligen in Gesellschaft zu stehen, und die Erzählerin sah und hörte das auch selbst. Im Winter schlugen die beiden alten Leute ihr Nachtlager zuweilen in der Wohnstube auf und verlangten dann immer, dass die Dienstboten des Nachts aus dem Zimmer gingen. Da verbarg sich die Magd einmal des Nachts hinter dem Ofen und hörte, wie ein ganzer Schwarm Volkes durch die Stubentür kam. Im Mondschein sah die Magd, wie eine Menge Köpfe sich um die Schlafstätte der Alten erhoben, und sie hörte, wie alle heimlich miteinander raunten und flüsterten; doch verstand die Magd nichts davon. Die Gäste begaben sich darauf in die Küche und feuerten, kochten, sotten, brieten und zechten. Wie aber am Morgen die Magd in die Küche ging, waren Speise und Trank nicht im geringsten vermindert und von dem nächtlichen Besuch keine Spur zu bemerken.[75]

[75] www.vuotisheer.ch

Die Tanzwiese

Ein junger Mann liebte ein Mädchen von wunderbarer Schönheit. Die wohnte in einem benachbarten Dorf des Capriasca-Tales[76] und lebte alleine. Eines Abends sagte das Mädchen zum Jüngling: „Morgen Abend, Freitag, brauchst du mich nicht zu besuchen. Ich werde nicht zu Hause sein, weil ich zu einer Tante gehen muss, die krank geworden ist." Der junge Mann gehorchte. Aber als sie ihm am folgenden Freitag wieder verbot, zu kommen, schöpfte er Verdacht, wurde eifersüchtig und wollte über die Sache ins Klare kommen. Er begab sich also gleichwohl zu seiner Geliebten, guckte heimlich durch das Küchenfenster und sah Dinge, die ihn in großes Erstaunen setzten. Das Mädchen saß am Herd und kämmte sich mit aller Sorgfalt ihre blonden, prächtigen Haare. Dann verschwand es und kehrte bald darauf wieder zurück mit ihren schönsten Kleidern angetan. Hierauf nahm sie vom Schrank über dem Tisch ein kleines rotes Schächtelchen, das eine grüne Salbe enthielt, mit welcher sie sich die Stirne, die Hände und die Füße einrieb. Darauf legte sie das Schächtelchen auf den Herd und verschwand durch den schwarzen Rauchfang des Kamins.

Jetzt drückte der Jüngling mit Gewalt die Tür ein, trat in die Küche, nahm die geheimnisvolle

---

76 Tessin/Schweiz

Schachtel und salbte sich mit der grünen Salbe ebenfalls Stirne, Hände und Füße. Da plötzlich fühlte er sich wie von zauberhafter Macht durch den Rauchfang emporgehoben und wurde zum Schornstein hinaus davongetragen, und weit fort ging es. Schließlich gelangte er zu einer großen ebenen Waldwiese, die von unzähligen Lampen erhellt wurde. Dort tanzten viele schöne Mädchen und Jünglinge, fein gekleidet, ganz närrisch und wie außer sich zum Klang einer lieblichen Musik.

Mitten auf der Wiese saß ein Herr in eleganter schwarzer Kleidung, mit Zylinder und ebenfalls schwarzen Handschuhen, mit Füßen wie die eines Pferdes und mit zwei Hörnchen auf der Stirn; ein Mann, dessen Blick einen bannte und bezauberte. Er lächelte und lächelte unaufhörlich. Er war gewiss der Teufel.

Der Jüngling tanzte mit verschiedenen Mädchen und auch mit seiner Geliebten, die sehr verwundert war, ihn an diesem Ort zu treffen. Sie tanzten bis zum Morgen.

Da hörte man vom Kirchturm des nahen Dorfes das Ave Maria des anbrechenden Tages läuten. Mit einem Schlag hörten Musik und Tanz auf, und alles verschwand in der größten Finsternis. Als es dann später Tag wurde, befand sich der Jüngling auf einer Waldwiese rings von Dornbüschen umgeben. Nur mit großer Anstrengung konnte er sich durch die Dornen einen Ausweg bahnen und kehrte zerkratzt und übel zugerichtet nach Hause. Von diesem Tag an wollte er von seiner Schönen, die mit Geistern verkehrte, nichts mehr wissen und kehrte nie mehr zu ihr zurück. (WK)

Das Nachtvolk in Peist

So lebte daselbst einst in Peist[77] ein Mann namens Chr. Brunold, Gemeinderatsschreiber, und der war ein äußerst tätiger und gewissenhafter Beamter. Keiner hatte so schöne Tage wie er, und doch schaute er immer so verdrießlich drein; warum, das konnte niemand deuten.

Da kam einmal ein Jugendgenosse aus der Fremde heim und zu ihm auf Besuch. Und dem offenbarte er, daß er mit dem Nachtvolke gehen müsse, und das sei ihm schon in der Wiege prophezeit worden von der Patin, und die habe mehr können und gewußt als andere Leute. Und alle die, welche im Nachtvolk seien, müssen von drei bösen Dingen wählen: schlecht leben, eines plötzlichen Todes sterben oder mit dem Nachtvolk laufen. Eines wählen müssen, habe er nun das Mitlaufen gewählt.

---

[77] im Kanton Graubünden

Der Jugendgenosse hieß ihn, guten Mutes zu sein, und versprach, ihm zu helfen, wenn er ihm sage, wann er wieder mitmüsse und wo das Nachtvolk vorbeiziehe; auch er könne etwas mehr als andere!

Brunold sagte ihm Zeit und Ort.

Am bestimmten Abend legte der Jugendgenosse sich auf die Lauer und hatte eine starke Latte von Haselnußholz mit einem selbstgewachsenen Haken an einem Ende zurechtgelegt. So wartete er bis Mitternacht unter dem Stalldache des Brunold, durfte aber nicht von der Stelle (denn wer das Dachtrauf überschreitet, sieht kein Gespenst oder hat keine Kraft gegen Geister). Das Nachtvolk kam richtig. Wie er dasselbe erblickte, nahm er die Latte mit dem Haken und zog den Brunold damit am Arm unter das Dachtrauf. Von der Zeit an mußte Brunold nicht mehr mit dem Nachtvolk gehen.[78]

Das Nachtvolk oder die Nachtschar

Das Nachtvolk liebt bestimmte Wege und Stege, über welches es zieht. Gerne fährt es durch Kreuzgassen, Grat- und Kreuz-Tobel, aber auch einzelne unbewohnte Häuser und verlassene Alphütten sind seine beliebten Tummelplätze. Findet

---

[78] www.zeno.org

es sogar vier im Quadrat stehende Häuser, so fährt es nächtlicher Weile mit großer Vorliebe kreuz und quer zwischen denselben hin und her.

Durchgängig benimmt sich das Nachtvolk weit gesitteter als das wütende Heer. Es kommt und verschwindet mit Geräusch und Gesumme; oft sogar mit herrlicher Musik, je nach Bedeutung seiner Wanderung. Soll sein Kommen ein gutes Jahr anzeigen, bringt es Musik mit, steht aber Krieg oder Krankheit hervor, muß es tosend und lärmend sich zeigen.

Wuotan hat beim Nachtvolke nichts zu schaffen, er bleibt seinem wütenden Heer getreu. Es ist Eckard, der auch hier den Führer macht. Er eilt dem Zuge voraus, in der Hand einen weißen Stab, und rät jedem, dem das Nachtvolk begegnet, rechts auszustellen und das rechte Strumpfband zu lüften. Der Letzte im Nachtvolk führt ein Beil bei sich, womit er jedem, der nicht rechts ausstellt, ins Knie schlägt.

Das Nachtvolk braust nur einen Schuh über dem Erdboden einher. Legt sich dann einer, der ihm nicht mehr ausweichen konnte, auf den Boden und spreizt die Arme, so fährt das Nachtvolk über ihn hinweg, und ihm geschieht kein Leid; ein ungeheurer Luftzug ist einzig, was ihn belästigt.[79]

[79] aus Graubünden, Quelle: www.zeno.org

Ein Stock im Weg

Ein vorwitziger Fontaneller wollte genau wissen, was denn eigentlich das Nachtvolk sei. So ging er aus lauter Wunderwitz zur rechten Zeit und Stunde ganz allein ins Tobel hinein, stellte sich nah am Bach an einem Tannenstocke auf und wartete. Bald hörte er schöne Musik von oben herab, vermischt mit einem Heidenlärm. Wilde Gestalten kamen durchs Tobel herab von aller Art und Gewandung. Zuletzt kam eine Köchin mit allerhand Küchengeschirr und einem Kochlöffel im Hintern. Als der Wunderwitz das sah, tat er unwillkürlich einen hellen Lacher. Darauf rief eine laute Stimme: „Es ist ein Stock im Wege! N., nur flink, schlag das Beil hinein!“ Im gleichen Augenblick empfand der Zuschauer große Schmerzen in einer Wade. Er lief heim, die Schmerzen steigerten sich, die Ärzte wußten keine Hilfe, nur der Ortspfarrer fand Rat. Er sagte: „Man sieht dem Fuße gar nichts an, das Leiden ist unnatürlich gekommen und muß auch auf unnatürliche Weise wieder gehen. Stell dich am Jahrestag zur gleichen Nachtstunde an den nämlichen Platz und warte, bis das Nachtvolk kommt. Das ist mein Rat!“ Der Mann tat so und wurde geheilt. Als das Nachtvolk durchs Grattobel herunter sich ihm näherte, hörte er den Ruf: „N., nimm das Beil mit, das du im letzten Jahre da in den Stock geschlagen hast!" Im selben Augenblick waren die Schmerzen weg. Aber vom Nachtvolk hatte der Wunderwitz von da an genug. (VS)

In einer anderen Sage ist es eine Ahle[80]*, die in den Beobachter hineingestochen wird. Dieses Mal in den Oberarm.*

„Da ist ein fauler Stock, wir wollen grad die Sühle (Ahle) hineinstecken."

Sicher noch schmerzhafter ist es einem Mann bei Dornbirn ergangen, der vom Nachtvolk überrascht wurde:

Drei Männer kamen an ihm vorbei, der erste sprach: „Do stoht an Stock", der zweite sagte: „Schlah d' Axt in'n", und der dritte schlug sie hinein. Ein volles Jahr mußte dann der Arme die Axt im Leibe herumtragen, kein Arzt und kein Geistlicher konnte sie ihm herausbringen. Auf den Rat des Pfarrers begab er sich nach Ablauf der Jahresfrist wieder zur selben Stelle, wo ihn das Nachtvolk im Vorjahre angetroffen hatte. Als es nun wieder vorbeizog, sagte der erste Mann: „Do steckt an Ax", der zweite: „Züh sie usa", der dritte zog sie heraus. (VS)

---

80 Spitz zulaufendes Schuhmacherwerkzeug mittels dessen Löcher ins Leder gestochen werden.

Neugier macht blind

Ein Knecht wollte auch einmal das Nachtvolk sehen, denn er glaubte nicht daran. In der Nacht um zwölf Uhr schaute er zum Fenster hinaus, und auf einmal kam das Nachtvolk mit großem Lärm. Als es sah, daß einer zum Fenster herausschaute, ging einer vom Nachtvolk zum Knecht hin und sagte: „Wenn du nicht vom Fenster gehst, dann mache ich, daß du es gerne tust!" Und strich ihm die Hand über das Gesicht, und der Knecht war blind. Eine alte Frau sagte zu ihm, in einem Jahr soll er wieder hinausschauen. Und so tat er. Als er nach einem Jahr zum Fenster hinausschaute und das Nachtvolk wieder vorbeikam, strich ihm einer mit der Hand über das Gesicht. Da konnte er wieder sehen, glaubte nun an das Nachtvolk und schaute sein Lebtag nicht mehr nach ihm aus.[81]

Strafen des Nachtvolks

Wer durch ein Astloch nach dem Nachtvolk schaut, wird auf dem Auge blind.

Ein ganzes Jahr musste ein Mann mit einem nach rückwärts gedrehtem Kopf herumlaufen.

---

[81] www.sagen.at

Ein Lauscher hatte ein Messer im Knie stecken, das weder er selbst noch sonst jemand herauszuziehen vermochte.

Einem Liebespaar, das sich nicht rechtzeitig vor dem Nachtvolk zu Boden warf, wurde sämtliches Haar geraubt.

Einem Mann in Vorarlberg, dem das Nachtvolk begegnete, schlug es eine Axt in den Rücken. Ein volles Jahr musste dann der Arme die Axt im Leibe herumtragen, kein Arzt und kein Geistlicher konnte sie ihm herausbringen.

Einen Hirten hob es hoch in die Luft, und alsbald ließ sich eine wunderschöne Musik hören. Immer höher hinauf ging die Luftreise, bis es ihn zuletzt unter schrecklichem Gewitter und Hagel herunterließ und er unter einer Dachtraufe stand. Sein Kopf war verdreht und seine Füße so verrenkt, dass die Waden fast nach vorne standen.

Segen schützt

Auf dem Mustergiel[82] will man schon oft das Nachtvolk gehört haben. Einmal ging nachts ein Bursche mit Namen Tagwercher in angeheitertem Zustande über diesen Bach, während das Nacht-

[82] bei Bludenz, Vorarlberg

volk musizierend vorüberzog. Der betrunkene Bursche erlaubte sich eine spöttische Bemerkung. Darauf rief eine Stimme: „Hätte dich deine Mutter am Morgen nicht gesegnet, so würdest du zerrissen wie Gstöb i der Sunna.“[83] Von dort an soll der Mann nie mehr über den Durst getrunken haben.

In „Gottes Namen“ wird von einer ähnlichen Begebenheit berichtet: Ein Betrunkener war unter das Nachtvolk geraten. Einer der Geister rief: „Fanget ihn und nehmt ihn mit!“ Ein anderer winkte ab und sagte: „Laßt ihn gehen, er ist mit dem Weihwasser und in Gottes Namen vom Hause gegangen!“ Und er entrann. (VS)

Das Windfüttern

„Die Wilde Jagd, das ‚Mueter (Muotes) Heer‘, der Sturm heult durch die Bergwälder des Ostrachtals und fegt hinein in die Dorfgassen, daß die alten, schindelgedeckten Bauernhäuser erzittern. Um seine Macht zu dämmen, gibt es nur ein Mittel: Den Geistern und armen Seelen, die in Muotes Heer mitzujagen verdammt sind, zu essen zu geben, daß sie ihren Hunger stillen können und dadurch von der Menschheit ablassen. Also streut man eine Handvoll Mehl zum Fenster hinaus, daß

[83] wie Staub in der Sonne

die vorüberjagenden Sturmgesellen es auflecken und abziehen, ohne Schaden zu tun.[84]

Wirksame Mittel, mit denen man dem Nachtvolk entgegentreten kann, sind noch das Johanniskraut, der Saft von Moosbeeren, mit dem Tür- und Fenstersimse bestrichen werden. Helfen sollen auch alte Hufeisen, die man zur Abwehr mit der Biegung vom Haus weg vor Haustür oder Tennentür auslegen muss. Anderenorts wurden „die Zwölfe genagelt": In jeder der zwölf Rauhnächte wurde in die Tennentür der Hufnagel eines gefallenen Pferdes eingeschlagen. Oder man kaute getrocknete Schlüsselblumen. In verschiedenen Gegenden setzte man seine Hoffnung auf den „Frauenbosche" oder die „Zang" - das heißt auf jenen Kräuterstrauß, der am Fest Mariä Himmelfahrt in der Kirche geweiht wird.[85]

[84] aus: Gaßner-Wechs, Bändel und Blacha
[85] Endrös/Weitnauer, Allgäuer Sagen

In vielen Sagen um das Wilde Heer und das Nachtvolk wird von einem Nachtmahl des Geisterzugs geredet. Es holt sich eine Kuh von der Weide, um sie im Haus des Bauern oder der Almhütte des Hirten bei einem großen Gelage mit wüster Musik zu verzehren. Wenn sie die Stätte verlassen, werfen sie alle Knochen in die Haut und am folgenden Morgen steht die Kuh wieder lebendig auf der Weide.

Burchard von Worms schreibt 1066 in seinem Decretum: „Bestimmte Frauen haben die Fähigkeit, ihr Zweites Ich aus ihrem Fleisch und ihrem Blut (alter ego) heraustreten zu lassen, sich weit von ihrem Aufenthaltsort zu entfernen und Missetaten zu begehen, Menschen zu töten, zu verzehren, ihre Körper mit Holz und Stroh auszustopfen, um sie schließlich wieder ins Leben zurückzurufen."

Renward Cysat

Renward Cysat (1545 - 1614) war Apotheker, Notar und Stadtschreiber im schweizerischen Luzern. Er war auch Spielleiter, unter anderem der Luzerner Osterspiele von 1583 und 1597.

Cysat ist insofern ein wichtiger Zeitzeuge für dieses Buch, da er viele Aufzeichnungen über das Nachtvolk machte, das er das „Gespenst“ nannte. Cysats Meinung über das „Wuot ins Heer“ war, „daß verständige Leute diesen Schwarm nie für selige Leute, noch für ein gutes Heer gehalten, sondern für ein teuflisches Gespenst, ein Wuot ins Heer.“

Dieser Ansicht war Cysat, obwohl andere behaupteten, wer das Gespenst „Wuot ins Heer“ nenne, den treffe der Fluch, und der werde vom bösen Geist zerrissen, wer sie aber „Guotis Heer“ nenne, der würde durch Gott geehrt werden. Andere bleiben dabei, dass es der Schwarm und das Gespenst ist, das bisweilen des Nachts die Leute vom Felde und von den Straßen hochhebt und schnell in weite Länder trägt.

Als Cysat noch jung war, lebten viele, die ein geisterhaftes Saitenspiel in den Gassen Luzerns hörten und den Zug der Seligen vorübergehen sahen. Noch 1568 vernahm Cysat Mancherlei davon. Menschen, die sich einer besonderen Andacht befleißen, unterhalten mit den Seligen Freundschaft und Geselligkeit. Sie wandeln zuweilen mit ihnen, und die Seligen besuchen sie zu Hause als Freunde.

Die Entrückung des Lienhard Murer

Lienhard Murer war Bäcker zu Geiss, Cysat gut bekannt, und er lebte noch, als Cysat seinen Bericht verfasste.

„Eines Tages, ungefähr im Jahre 1568, ritt Murer zu Pferd, mit Brot beladen, ins Entlebuch zu Markt. Des Abends, nachdem er etwas Wein getrunken, ritt er nach Hause. Auf dem Weg verspürte er eine wachsende Müdigkeit, und schließlich focht der Schlaf ihn derart an, daß er vom Pferde stieg, das Tier an einen Baum band und sich selbst darunter schlafen legte. Im Schlaf fasste ihn das Nachtgespenst, hob ihn empor in die Lüfte, trug ihn hinweg, und als er erwachte, befand er sich an einem Wasserlauf nahe bei der Stadt Mailand. Er fühlte sich elend, matt und schwach. Statt nach Hause zurückzukehren, zog er nach Venedig, nahm dort Dienst, kämpfte mit den Venezianern gegen die Türken und war bei der großen Schlacht von Lepanto 1571 mit dabei.“[86]

---

[86] www.voutisheer.ch

Überfahrt der Seelen

In Sankt Oswald[87] bei Maria Elend im Rosental führt eine Fähre über die Drau. Einmal in einer stürmischen Nacht erwachte der alte Fährmann aus tiefem Schlaf; es war ihm, als habe er vom anderen Ufer rufen gehört. Weil der Fluß Hochwasser führte, überlegte er eine Zeit, ob er es wagen solle, bei dem starken Wellengang hinüberzufahren. Es ließ ihm aber keine Ruhe, und so stand er auf und trat die schwere Fahrt an. Als er sich über den Fluß gekämpft hatte, konnte er drüben niemanden entdecken, und kein Laut gab Antwort auf seine Rufe. Enttäuscht stieg er wieder in sein Boot, das ihm aber jetzt viel schwerer erschien, als ob es eine unsichtbare Last trüge. Er konnte es nur mit großen Anstrengungen über das Wasser zurückbringen. Wieder an Land, vertäute er das Schiff an einem Baum, ging in seine Hütte und legte sich schlafen.

Am anderen Morgen machte er große Augen: Der Boden seines Bootes war mit lauter Geldstücken bedeckt. Er hatte nachts, ohne sie zu schauen, eine Schar Seelen übergeführt und dafür reichen Lohn empfangen. (HÖ)

[87] Kärnten/Österreich

Aus einem Brief einer Freundin aus Graubünden/Schweiz an den Verfasser:

Lieber Thomas.

Jahre ist es her, vielleicht zwanzig, als ich auf der Wanderung vom Burgund Richtung Schweizer Jura unterwegs war. Es war ein langgezogener Mischwaldhügel. Ein ganz besonderer Weg, der sich da entlang langsam höher zog. In unserer sechsköpfigen Wandergruppe ging ich immer als letzte Läuferin hinten her. Ich wollte nicht sprechen und mich in Stille der Natur hingeben. So geschah es unerwartet, dass mir eine unendlich lange Prozession von Gestalten aus der geistigen Welt entgegen kam.
Sie waren aus dem Totenreich, der astralen Welt. Das war offensichtlich. Mit meiner verfeinerten Wahrnehmung sah ich sie beinahe so klar wie meine Wanderfreunde und die Bäume.
Ich habe mir dabei nicht viel gedacht. Das kam immer wieder vor, dass ich Wesen aus der geistigen Welt begegne. Doch war dieser, nicht enden wollende Zug bemerkenswert und als Du mir von dem Nachtvolk erzähltest, war mir sofort klar, dass es sich um dieses Volk handelte. Wo genau dieser Hügel liegt, weiß ich nicht mehr. Doch er liegt auf einem offiziellen französisch markierten Wanderweg!

Katharina
Schulung der Intuition
www.katharina-vonow.ch

3. Teil

Von den Rauhnächten und der Percht

Wenn die Sonne im Jahreskreis in der Nacht vom 21. (Thomasnacht[88]) auf den 22. Dezember, der Wintersonnenwende, den tiefsten Punkt durchläuft, beginnen die 12 Rauhnächte[89]. Die Rauhnächte, ein heidnisches Ritual, gehören in Bayern, Österreich und Südtirol zu Sage und Brauchtum. Aus christlicher Sicht handelt es sich um die zwölf Nächte zwischen Weihnachten, beginnend am Abend des 25. Dezembers und endend mit dem 6. Januar, dem Dreikönigstag.

Der Begriff wird mit einem „h" geschrieben, weil er nicht von „rau" wie „rissig", sondern von dem mittelhochdeutschen „rûch" gleich „haarig" abstammt. Das Ritual des Reinigens von Haus und Viehställen mittels Rauch geht im Alpenraum auf die Kelten zurück.

Nur in den 12 Rauhnächten stand nach altem Volksglauben das Geisterreich für die Seelen Verstorbener und Dämonen offen - ein beschränktes Zeitfenster also auch für das Treiben des Wilden Heers. In diesen Nächten suchten die Toten die Lebenden auf. Daher war die Zeit „zwischen den Jahren" auch die Zeit der Geisterbeschwörung.

[88] auch Thomastag. Thomas = Zwilling (aus dem Aramäischen), Symbol für die beiden Sonnenwenden.
[89] wegen der Orakelzeit auch „Raunnächte" genannt.

Und die der Orakel, mit denen man die Zukunft herauszufinden gedachte. Daher kommt der Name „Losnächte“ für die Rauhnächte. Um die Zukunft vorauszusagen, ging man in den Rauhnächten um Mitternacht schweigend zu einer Wegkreuzung und lauschte (mundartlich: losen) auf Zeichen, die sowohl das Wetter als auch Ereignisse deuten ließen.

Die den 12 Rauhnächten folgenden Tage standen symbolisch für die Entwicklung des Wetters der kommenden 12 Monate: Der Tag nach der ersten Rauhnacht stand für den Januar, der zweite für den Februar usw. Dem Sonnenstand wurde an diesen Tagen orakelhafte Bedeutung zugeschrieben. **Sonnenschein** bedeutet am:

- 1. Lostag, 26.12.: Es wird ein glückliches neues Jahr werden.
- 2. Lostag, 27.12.: Preiserhöhungen stehen an.
- 3. Lostag, 28.12.: Streitigkeiten kommen auf.
- 4. Lostag, 29.12.: Fieberträume werden plagen.
- 5. Lostag, 30.12.: Es wird eine gute Obsternte.
- 6. Lostag, 31.12.: Alle anderen Früchte gedeihen prächtig.

- 7. Lostag, 1.1.: Die Viehweiden tragen saftige Kräuter.
- 8. Lostag, 2.1.: Fische und Vögel sind zahlreich.
- 9. Lostag, 3.1.: Gute Kaufmannsgeschäfte stehen ins Haus.
- 10. Lostag, 4.1.: Unwetter kommen.
- 11. Lostag, 5.1.: Nebeltage treten vermehrt auf.
- 12. Lostag, 6.1.: Zwist und Hader kommen auf.

Aber auch andere Dinge spielten eine Rolle zur Vorbestimmung der kommenden Monate: Ob man am Tag genug zu essen gehabt hatte, oder ob der Tag friedlich oder im Streit verlaufen war. Darum wurden diese Rauhnächte vorsichtig und wachsam begangen, da sie das gesamte kommende Jahr in sich bargen und jeder verantwortlich war, wie die Weichen dafür gestellt wurden[90].

Die Zeit der Rauhnächte war eine „Niemandszeit“, die heute als die „zwischen den Jahren“ und in der Politik als „Weihnachtsfrieden“ bezeichnet wird. In den Rauhnächten durfte möglichst nicht gearbeitet werden. Spinnrad, Mühle und Dreschflegel hatten still zu stehen, die Menschen sollten keine drehenden Bewegungen ausführen – stand

---

[90] www.jahreskreis.info

doch in diesen Tagen sogar die Sonne „still". Geglaubt wurde, dass alles, was man in den Rauhnächten träumt, in den adäquaten Monaten (s. o.) des kommenden Jahres in Erfüllung geht.

Es hieß, dass in den Rauhnächten die Tiere im Stall um Mitternacht die menschliche Sprache sprechen würden. Wer die Tiere allerdings so sprechen hörte, der starb unmittelbar danach. Auch die Pflanzenwelt wurde nicht vergessen: Bäume wurden geschlagen, beklopft, mit Stroh umwickelt, damit sie wuchsen und fruchtbar wurden.[91]

Abgesehen von den zukunftsbestimmenden Lostagen in den Rauhnächten, gibt es wichtige Lostage durch das ganze Jahr hindurch, die das Wetter, die Zeit für die Saat und der Ernte bestimmen.

---

[91] Becker-Huberti, Lexikon der Bräuche und Feste

In den 12 Rauhnächten musste vieles beachtet werden, um dem Wilden Heer, der Percht oder anderen Geistern und Dämonen nicht zum Opfer zu fallen. Seit Urzeiten haben sich um die Zeit „zwischen den Jahren“ viele Bräuche entwickelt, die zum Teil bis heute erhalten geblieben sind. Heidnische vermischten sich dabei mit christlichen Bräuchen. Die Nächte vor dem Jahreswechsel eigneten sich nicht nur für Geisteraustreibung oder -beschwörung, sondern boten sich zugleich an, einen Blick in die Zukunft zu werfen. Es war auch die Zeit, in der die Initiation[92] der Heranwachsenden stattfand.

Nach altem Glauben reitet während der Winterstürme der Windgott Odin und sein Wildes Heer über den Wolken dahin. Dabei befruchtet der Speichel (= Samen) seines achtbeinigen Pferdes Sleipnier die Erdenmutter Wala. Und neun Monate später wird der heilige Fliegenpilz geboren, dessen Genuss geistersichtig macht. Nicht ohne Grund ist der Fliegenpilz bis heute ein Glückssymbol der Weihnachtszeit[93].

Auch ein weiteres Glückssymbol stammt aus jener Zeit: Da Eisen als dämonenfeindliches Schutzme-

[92] Einführung Heranwachsender in die Gemeinschaft
[93] Hermann Hendrich, „Der Walkürensturm“, 1909

tall galt, hängte man an den Häusern Hufeisen auf. Ein Brauch, der heute noch gilt und Schutz vor dem Bösen gewähren soll. Um die Zukunft zu deuten, wurde auch das Zinn- oder Bleigießen herangezogen.

Zur Wintersonnenwende wurde mit segnenden Kräutern wie Rose, Lavendel, Johanniskraut, Alantwurzel, Muskatellersalbei, Orangenblüte, Zimt und Mariengras die Wiedergeburt der Sonne[94] gefeiert. Vierblättriger Klee ist heute noch ein Glücksbringer.

Im Haus durfte keine Unordnung herrschen, da die Dämonen Unrat und Unordnung liebten. Auch durfte keine weiße Wäsche auf der Leine hängen. Die würden die wilden Reiter stehlen, um sie dann im Laufe des Jahres als Leichentuch für den Besitzer zu benützen. Besonders jüngeren Frauen war es verboten, weiße Unterwäsche auf die Leine zu hängen. Die würde die Wilde Jagd anlocken, die dann über diese Frauen herfallen würde[95]. Für die Zeit der Rauhnächte musste vorab Brot und Gebäck hergestellt werden, denn auch das Backen unterlag dem Verbot der Arbeit.

Die „Rauhnacht“ geht oft einher mit dem alten keltischen Brauch des Ausräucherns (Rauch) von

---

94 www.blumenschule.de
95 www.wikipedia.de

Haus, Hof und Stall. Damit sollen Geister und Dämonen vertrieben werden. Der Brauch ist bis heute in den Alpenländern erhalten geblieben.

Am Vorabend des Dreikönigstags machte man zum Schutz vor dem Seelenheer der Berchtl (Percht) drei weiße Kreuze auf den Fensterbalken. Zur Zeit des „Frauden Heer"-Umzugs war es gefährlich, den Kopf zum Fenster hinauszustrecken. Tat man es, so wurde man verrückt oder der Kopf sschwoll einem so an, dass man ihn nicht mehr hineinbringen konnte[96].

Anlässlich seiner Krönung zum römischen Kaiser am 25.12.800 erklärte Karl der Große Weihnachten zum Kirchenfest. Wer weiterhin die alten Riten feierte, wurde mit dem Tode bestraft. Dennoch wurden die alten Feste bis in das 12. Jahrhundert weiterhin heimlich begangen.

---

[96] Bächtold-Stäubli, Handwörterbuch des deutschen Aberglaubens

Eine herausragende Frauengestalt des alpenländischen Brauchtums ist die Percht[97], auch Perhta, Berchta, Bertha genannt. Wie die Holla und die Lucia ist sie ursprünglich eine germanische „Tod-im-Leben-Göttin"[98]. Sie ist Herrscherin über Wolken, Wind, Regen und Sonne und damit über Fruchtbarkeit oder Dürre. In den Sagen wird sie als alte, hässliche Frau mit wirren Haaren, einer gewaltigen Nase und großen Zähnen beschrieben. Mit einem unheimlichen Gefolge, das aus Seelen ungetaufter Kinder, Elben, Zwergen und Hexen besteht, erscheint sie in den zwölf Rauhnächten. Als Lebensspenderin und Hüterin der Ernte hat sie zugleich eine leuchtende Seite. Sie ist die Hüterin und Führerin der noch nicht geborenen oder ungetauften Seelen und achtet auf die Einhaltung der uralten, ungeschriebenen Gesetze.

Die Percht galt als amazonenhafte Anführerin der „Frauden Jagd". In den zwölf Rauhnächten des Dezembers und Januars ärgerte sie die Menschen, polterte und rumorte um das Haus herum und heulte im Ofen. Menschen, die ihr die Ehrfurcht versagten, strafte sie - jene, die sie achteten, be-

[97] vom Althochdeutschen „pergan" = verbergen, wie auch von peraht = hell, glänzend
[98] Kutter, Der Kult der drei Jungfrauen

schenkte sie reich. Besonders ahndete die Percht Faulheit, Unordnung und unangebrachte Neugier.

Viele Sagen aus dem österreichischen Vorarlberg berichten davon, dass die Percht „durch die Täler zog, um nachzusehen, ob wohl kein Kind nach dem Abendläuten noch außer dem Hause sei, und ob die Mädchen fleißig gesponnen hätten. Im ersten Falle habe sie das Kind mit sich fortgenommen, im anderen den faulen Mädchen den Spinnrocken so zerrüttet, daß man mit dem Flachs und Hanf nichts Ehrliches mehr habe anfangen können."[99]

Eine grausame Strafe der Percht war, ihren Opfern mit dem Pflug oder dem Beil die Bäuche aufzuschlitzen und diese dann mit Steinen oder Mist zu füllen, worauf sie die so Bestraften in einem Brunnen versenkte. Umgekehrt belohnte sie Fleiß und Hilfsbereitschaft. Neben vollen Spulen mit goldenen Fäden oder mit einem nie enden wollenden Faden belohnte sie fleißige Mägde mit goldenen Münzen, die sie in ihren Eimern, die sie vom Brunnen holten, vorfanden.

Das Schneegestöber, in dem die Percht dahinbrauste, galt als Wirbeln von Daunenfedern, eine auffallende Parallele zu Frau Holle. Die Daunenfedern sollten den Acker bedecken, damit es im

[99] Beitl, Im Sagenwald

kommenden Jahr eine gute Ernte geben würde. Durch Opfergaben wie Brot, Brei, Milch und Nüsse, die aufs Hausdach gelegt wurden, versuchte man, sich die Percht wohlgesonnen zu machen.

In bäuerlichen Gegenden wurden der Frau Percht und ihrem Gefolge in der Nacht auf Epiphanias[100] der Tisch mit Brot, Käse, Milch, Fleisch, Eiern, Wein und Wasser gedeckt. Sie nahmen von den Speisen, ohne sie vollständig zu verzehren, ja, nicht einmal deren Menge wurde verkleinert. Wobei die Percht und ihr Gefolge nur dort anhielten, wo die Wohnstatt ordentlich aufgeräumt war. Den Tisch in dieser Phase des Jahres zu bereiten, ist ein an den Ahnenkult geknüpfter religiöser Ritus, denn die Toten spenden die Fruchtbarkeit der Erde und das Gedeihen der Menschen und Tiere.[101] Man sagte, dass in dem Gefolge der Percht Heimchen[102] gewesen seien, die in ihrem Auftrag Felder und Fluren bewässerten.

„Man muss der Specht (Percht) das Futter tragen." Das heißt, dass die Reste des Essens ihr hinausgetragen werden musste. Zumeist wurde das „Futter" unter den Obstbäumen verteilt, damit diese im nächsten Jahr gut tragen; aber auch auf

---

[100] Epiphanias = Erscheinungs-/Ankunftstag,Dreikönigstag
[101] Lecouteux, Claude, Das Reich der Nachtdämonen.
[102] Grillen (Insekt)

die Felder wurde der Specht das Futter getragen, der Ernte des nächsten Jahres wegen.[103]

Die der Percht geweihte Pflanze war der Holunderstrauch. Wer einen Holunderstrauch fällte, den ereilte bald der Tod. Unter dem Holunderstrauch verbarg sich der Sage nach das Tor zur Unterwelt. Wer an einem Holunderstrauch vorbeiging, der musste den Hut ziehen, anderenfalls würde ihm ein Unglück geschehen.

„In der christianisierten Form werden der Perchta zunehmend Attribute der Maria beigefügt. Die in dieser Form auch als Weiße Frau bekannte Perchta wird nun als Führerin einer Schar unschuldiger Kinder vorgestellt. Ihr Tag ist vornehmlich der Epiphanias- bzw. der Dreikönigstag"[104].

---

[103] www.eldaring.de

[104] www.brauchtum.at

Ein *Perchtenlauf* wurde erstmals im 16. Jahrhundert erwähnt. Er fand überwiegend im Januar statt. Im 17. und 18. Jahrhundert wurde das wilde Treiben auf Veranlassung der Kirche hin als heidnischer Brauch verboten und Zuwiderhandlungen mit hohen Strafen belegt.

Erst nach dem 2. Weltkrieg lebten die Perchtenläufe in wenigen Orten in Süddeutschland, vermehrt in Österreich (Tirol) und in der Schweiz wieder auf. Der bekannteste ist wohl der *Pongauer Perchtenlauf* im Salzburger Land. Ähnlich wie das Erscheinen der Krampusse[105] finden die Perchtenläufe um den 5. auf den 6. Dezember statt. Oft auch noch in den Nachweihnachtstagen, den Rauhnächten.

Die Darsteller(innen) des Perchtenlaufs sind in schwarze (Schaf-)Felle gehüllt, haben Fellhauben auf dem Kopf und tragen grob geschnitzte Masken mit langen Zähnen, Hörnern, Schnäbeln und Borsten. Hin und wieder schleppten sie einen großen Korb auf dem Rücken mit, in dem - bildlich - Kinder stecken.

---

[105] Krampus (Österr.), Klausen (Allgäu) - eine wilde, in zotteliges Fell gekleidete Gestalt, die oft Kuhschellen dazu trägt.

Perchtenmasken in Sonthofen/Oberallgäu, 2008

Symbolisch kehren die Darstellerinnen des Perchtenlaufs zwischen Ende Dezember und dem 6. Januar in den Häusern die Stuben aus und werden dafür mit **K**äse, **M**ilch und **B**rot bewirtet. Wo sie bewirtet wurden, schreiben sie ein K + M + B über die Tür.

Windfüttern

Der Oberallgäuer Heimatdichter Josef Gassner[106] erzählt von einem Brauch aus seiner Heimat:
Das Windfüttern wurde in Hinterstein im Oberallgäu noch bis in die siebziger Jahre des neunzehnten Jahrhunderts geübt. Kunigunde Beßler, „Lorenze Küneg", wie man sie nannte, auf Haus Nr. 38 im hinteren Dorf, ist alten Bewohnern Hintersteins heute noch in Erinnerung. Küneg war ein christlich Allgäuer Bauernweib wie alle anderen auch. Wenn aber „der Luft", der Sturm sein Unwesen trieb, wenn der „Laondluft" vom Westen stob und von Osten der „Oasterluft" und der „Beargluft" vom Norden ächzte und der „Mailänder" vom Süden leckte und winselte, dann stand Küneg mit einer Schüssel am Fenster und streute dem unholden Gesellen draußen murmelnd und schmeichelnd und betend Mehl zu, manch „Hampvl" (Handvoll), daß er satt werde und seinen Mutwillen nicht an ihrer Hütte austo-

---

[106] 1898 - 1954

be. Wie stark mochte der Glaube des Weibes an den Wert ihres Opfers sein, wenn man weiß, wie Küneg sonst sorglich auf ihr irdisch Gut bedacht war, um es auch noch als „Wittmare“ (Witwe) zu hegen und mehren.

In den slawisch sprechenden Ländern geht die Sage von der *Baba Jaga*. Das Wort „Baba" bedeutet allgemein „Weib", steht aber auch für „Großmutter". Die Baba Jaga ist ein altes, hässliches Weib (mit eisernen Zähnen) gleich der Percht.

Man vermutet[107], dass der Begriff „Jaga" von dem skythischen Namen „Aga" für eine schamanische Priesterin abstammt. Sie könnte ursprünglich eine Göttin gewesen sein, die erst nach der Christianisierung zur Hexe umgepolt wurde. Andere Quellen halten sie für eine von der Einsamkeit und Zauberei verrückt gewordene Waldfrau. Baba Jaga gilt auch als das dritte Mitglied einer dreifaltigen Göttin, bestehend aus der Jungfrau, der Mutter und dem alten Weib. Sie ist für den Tod und die Wiedergeburt verantwortlich.

Russen, Polen und Tschechen kennen noch eine weitere heidnische Gottheit, die *Kikimora*, die nach der Christianisierung in einen Poltergeist umgewandelt wurde. Der Kikimora, die bei den Slawen als alte, seltsam gekleidete, meist unsichtbare Frau in Erscheinung tritt, wird unter anderem nachgesagt, dass Spinnrocken zerzaust und durcheinander bringt, und dass sie poltert und dabei versucht, die Bewohner der Häuser mit Geräuschen in den

[107] www.wikipedia.org

Wahnsinn zu treiben, bis diese das Haus verlassen. Demjenigen, der sie sieht, bringt sie Unglück.[108]

Eine Gottheit der Griechen war *Hekate*, die mehrere Wandlungen im Laufe der Zeit erlebte. In der griechischen Dichtung wird Hekate als eine dunkle und furchteinflößende Göttin dargestellt. Man glaubte, dass Hekate nachts Tote aus ihren Gräbern holte, mit der wilden Jagd umherspukte und Wanderer erschreckte.[109] Vom einfachen Volk als Göttin und Hüterin der Schwellen und des Übergangs verehrt, wurden ihr an Kreuzwegen, Friedhöfen und auf den Türschwellen von Hauseingängen Opfer dargebracht. Bei Vollmond hielt man Hekate zu Ehren heilige Mahle ab. Die Griechen sahen in ihr eine Vermittlerin zwischen der Welt der Menschen und der Götter.

Eine Gestalt eher am Rande des Themas, die jedoch in den Reigen der Wesen der Finsternis passt, ist das *Nachtalb.* Es hieß ursprünglich *Mahr*[110] und bedrückte die Menschen in der Nacht mit „Albträumen", aber auch mit erotischen Träumen. Es handelt sich gewöhnlich um ein weibliches Wesen, der Morgane (Kriegsherrin Morrigain[111]), das schlafende Menschen und

---

[108] www.wikipedia.org

[109] www.wikipedia.org

[110] von germanisch „mer", althochdeutsch „mara" = zerdrücken.

[111] Fata Morgana - Fee Morgane, Synonym für ferne Lockungen und Täuschungen

Haustiere anfällt. Ähnlich der Percht, der man nachsagt, dass sie Gespinst und Haare zerzaust, sagt man auch dem Nachtalb nach, offene Haare bei Mensch und Tier durcheinander zu bringen oder zu verknoten.

Die „Wilde Jagd vom Untersberg" ist ein uralter Brauch im Salzburger Land, in dem Figuren aus dem Umfeld der Percht auftreten. In ihm verbindet sich christliches Brauchtum, heidnische Überlieferung und historische Wahrheit. Die „Fraude Jagd" war wie viele andere heidnische Bräuche lange Zeit verboten. Es drohten bittere Strafen bei Nichtbeachtung des Verbots. In der NS-Zeit wurde die Herkunft des Brauches auf germanische Wurzeln zurückgeführt und in Verbindung mit dem germanischen Sturm- und Totengott Wotan (Odin) gebracht.

Nach dem 2. Weltkrieg wurde der Brauch im Advent 1949 neu belebt. An einem möglichst geheim gehaltenen Ort taucht das „Wilde Gjoad" jährlich am Donnerstag zwischen dem zweiten und dritten Adventssonntag nach Einbruch der Dunkelheit auf und veranstaltet den Umgang und Tanz.

Es gibt zwölf Figuren in der „Wilden Jagd vom Untersberg"[112]: Schwegler[113], Kraxenträger[114] und

[112] Ausläufer der Berchtesgadener Alpen (1.973 m) auf der Grenze zwischen Bayern und Salzburger Land

[113] Einer, der die Schwegelpfeife spielt, eine Art Querflöte.

[114] Rückentrage mit der Händler durchs Land zogen

Fackelträgerinnen begleiten die zwölf Figuren, die die Rauhnächte symbolisieren sollen.

Der Zug eilt begleitet von Trommelschlägen und schrillen Flötenklang auf den Wegen und Straßen dahin, zieht aber auch über die freien Felder. Vor einzelnen Bauernhäusern hält der Zug an und der „Vorpercht“, eine Figur der Wilden Jagd, ruft den Spruch ins Haus: „Glück hinein, Unglück hinaus, es zieht die Wilde Gjoad ums Haus!“ Dann folgt ein Rundtanz der Figuren. Zum Schluss liegt das Wild Gjoad zur Reverenz flach auf dem Boden. Nach uraltem Glauben sollen mit diesem Lauf Fruchtbarkeit, Glück und Segen im Haus einziehen. Es ist ein sogenannter „Rüge-Brauch“ wie auch das Haberfeldtreiben, bei dem gewisse Zustände oder Personen gerügt (kritisiert) werden.

Die Figuren der Wilden Gjoad:

Vorpercht: Der Vorpercht mit dem Vorgeherstock ist der Voranschreiter des Zuges und sagt auch den Spruch auf. Er ist dem Perchtenkult entnommen.
Tod: Der Tod ist zur Hauptfigur der „Wilden Jagd vom Untersberg“ geworden und der eigentliche Anführer des Geisterzuges. Mit seinen Trommelschlägen hat er das Geschehen im Griff.
Rabe: Der Rabe ist eine mythische Gestalt aus der Untersberg-Sage. In ihr ist es seine Aufgabe, den

im Untersberg schlafenden Kaiser Karl[115] am Tag des Weltuntergangs zu wecken.

Moosweiberl: Das Moosweiberl zählt mit dem Baumpercht zu den Waldgeistern. Diese beiden Gestalten bilden den Übergang zu den Zwergen, die im Untersberg hausen.

Baumpercht: Der Baumpercht oder Baumwercher zählt zu den Waldgeistern.

Hahnengickerl: Der Hahn gilt in der Volksmeinung als Symbol der Wachsamkeit und Fruchtbarkeit. Sein Schrei soll angeblich den Teufel und alles andere Böse verscheuchen und kündet das Nahen der Sonne, das Ende der Finsternis, das Morgengrauen und damit den Anbruch eines neuen Tages.

Riese Abfalter: Der Riese, der in einem Graben am Untersberg haust, gilt als gutmütig und menschenfreundlich, spricht als Vertreter seiner Schar friedlich mit den Bewohnern und ermahnt sie, ein frommes und ehrbares Leben zu führen.

Bär: Der Bär steht für die Kraft und Tapferkeit. Die Kraft des Bären wird als Frühlingskraft gedeutet, die den Winter besiegt. Er gilt zudem als Symbol der Güte gegenüber dem Schwachen.

---

[115] Karl der Große, die Sagengestalt Friedrich Barbarossa

Bärentreiber: Der Bärentreiber, der dem Perchtenkult entnommen wurde, führt in der Wilden Jagd den Bären. Der Bär und der Bärentreiber sind vom ausgehenden Mittelalter an auch die typischen Akteure auf Jahrmärkten und im Faschingstreiben.

Hexe: Die Untersberger Hexe der Wilden Jagd ist im Gegensatz zu den lieblichen, holdseligen und überirdisch schönen Untersberger Wildfrauen sehr hässlich.

Habergeiß: Die „Habergoaß" ist eine Spukgestalt und wird oft mit einem Ziegenkopf und einem dreibeinigen Vogelkörper dargestellt. Sie wird von zwei Personen gebildet, die hintereinander herschreiten.

Saurüssel: Der Saurüssel ist eine Gestalt mit Schweinskopf und steht als Symbol für den „heiligen Eber der Rauhnachtszeit".[116]

---

[116] www.salzburg.com

Königin Bertha in der Waadt

Wie viele Figuren der alten Sagen wurde auch die Percht während der Christianisierung in eine „gute Frau" gewandelt. Man nahm sich eine reale Gestalt der Geschichte, stattete sie mit guten Gaben aus und rückte sie so in die Nähe einer Heiligen. Ein gutes Beispiel dafür ist die nachfolgende Sage, die Bertha von Alamannien, in der Schweiz Bertha von Schwaben genannt, idealisiert. Sie lebte von 907 bis 966 n. Chr., war Königin von Burgund und später auch der Lombardei. Sie nimmt in der Sage die Züge der Percht mit ihrem Geisterheer an, wird zur Fruchtbarkeitsgöttin wie die Frau Holle und zu allem Überfluss wird ihr noch ein Zauberstab verpasst.

Beim Turme von Gourze, nicht weit von Cully im fruchtbaren Waadtland[117], sollen schon viele Menschen die Königin Bertha gesehen haben, die immer noch ihr altes Land liebt, schützt und segnet. Jeden Winter, wenn feuchte Nebel sich an den Abhängen der Berge lagern, erscheint sie in weißem leuchtendem Gewande über jenen Ge mäuern. Aus voller Futterschwinge streut sie Saat ins Land - derart übers Jahr eine reiche Ernte versprechend.

Später in der Weihnachtszeit durchzieht sie, auch dann in weißleuchtendem Kleid, als schöne Jäge-

[117] Waadt, Rätoromanisch „Vad", Kanton in der Schweiz

rin ihr ganzes weites Gebiet. Scharen luftiger Geister folgen ihr auf dem Fuß, und in ihrer Hand trägt sie einen Zauberstab. Vor jedem Haus hält der unsterbliche Zug, und überall wird nachgesehen, ob dort noch guter Brauch walte.

Die wilde Perchtel

Im Wertachtal unterhalb Kaufbeuren[118], in der Gegend von Irsee, Schlingen, Pforzen und Ingenried kannte man ehedem die „wilde Perchtel". In den Rauhnächten hat sie bisweilen die wilde Fahrt angeführt. Weiter nördlich, Augsburg zu, wird die Perchtel gar ein männliches Wesen: In Oberhausen an der Wertachmündung aber ist der „Butzenbrecht" ein Kinderfresser, aus dem allerdings dann später ein Dienstbote des guten Sankt Nikolaus wird. (EW)

Die unschuldigen Kinder

Einige Leute aus Hundsdorf im Mühlviertel gingen am Tag der Unschuldigen Kinder, also am 28. Dezember, nach Maria Schnee in Böhmen wallfahren. Vor sich sahen sie am Weg einen langen Zug kleiner Kinder. Das letzte verhaspelte sich immer wieder im Zipfel seines viel zu langen

[118] Ostallgäu

Hemdes. Es stolperte und fiel ein ums andere Mal hin. Dann rappelte es sich wieder auf und kam den anderen schier nicht nach. Die Leute hörten, wie es schluchzte. Eine Wallfahrerin hatte Mitleid: „Wart nur, mei Zuserbeuterl", sagte sie tröstend, „i bind da den Pfoad-Zipfel aufi." – Da rief das Kind: „Du håst mi Zuserbeuterl g`nennt! - Gottlob, jetzt håb i an Nåm!" – und verschwand. (SO)

Frau Perchten-Bier

Unweit von dem in Orlagau gelegenen Bodelwitz befindet sich Döbriz. In der Flur dieser Gemeinde war einst ein dreieckiger Acker, den im Frühjahr Frau Percht zu pflügen pflegte. Einst-mals sollte nun ein Mädchen aus Döbriz in Bodelwiz Bier holen. Als sie sich jedoch mit dem vollen Krug auf dem Heimweg befand, traf sie Frau Percht, die am Rande ihres Ackers am Pflug saß. Wahrscheinlich machte sie gerade Pause und war von der Feldarbeit wohl auch ziemlich durstig geworden. Denn als sie das Mädchen mit dem gefüllten Bierkrug sah, nahm sie ihr den Krug aus der Hand und trank ihn mit großem Wohlbehagen aus.
Das Mädchen erschrak gewaltig, wagte es aber nicht, zu widersprechen - auch nicht, als Frau Percht daraufhin hineinpischte und so den Krug mit ihrem Wasser füllte. Danach gab sie dem Mädchen den Krug zurück. Zudem stopfte sie dem Mädchen noch einige Holzspäne in den

Schuh. Obwohl die Späne dem Mädchen auf ihrem Heimweg sehr hinderlich waren, wagte sie es nicht, dieselben wegzuwerfen.

Als sie zu Hause angekommen war und ihre Schuhe auszog, waren die Holzspäne in Goldstücke verwandelt. Das war aber eine Freude und ein großes Glück! Trotzdem war das Mädchen durch ihr Erlebnis noch immer so voller Schrecken und Angst, dass sie kein Wort hervorbrachte, und so sah sie mit Grauen zu, wie gut sich die Menschen das mitgebrachte Perchten-Bier schmecken ließen. Dabei konnten alle trinken, soviel sie wollten, doch der Bierkrug wurde nicht leer. Erst als das Mädchen über das Erlebte sprach und das Geheimnis offenbarte, war es zu Ende mit dem Perchten-Bier.[119]

Der Perchtenabend

Am Vorabend des Perchtentages darf nach altem Herkommen nicht gesponnen werden. Die Gößbäuerin im Gößgraben[120] spann gerne in mondhellen Nächten und saß daher auch einmal am Abend vor Dreikönig bei der Arbeit. Der Mond stand hell am Himmel, als er aber die Frau bei ihrer Tätigkeit erblickte, warf er sieben Spindeln in

[119] www.sagen.at
[120] nördlich vom Sonnblick in Kärnten

die Stube hinein und befahl, bis Mitternacht alles anzuspinnen. Doch die Bäuerin war klug und wußte sich zu helfen. Sie spann um jede Spindel nur ein Garnringle[121], und als es in Maltein zwölf schlug und der Mond wieder in die Stube guckte, lagen schon alle Spindeln umsponnen da. Darauf sprach der Mond: „Heute hat dir deine Schlauheit geholfen. Finde ich aber dich noch einmal am Dreikönigsabend beim Spinnen, so wirst du zerrissen!

Die Nacht gheart mein,
der Tag gheart dein.“

(HÖ)

[121] eine Schicht Garn

Die Alpbacher Perchtl[122]

Wenn die Perchtl zur Nachtzeit mit ihren Kindern kommt und in der Stube sich zum Essen niedersetzt, darf sie niemand belauschen. Ein Neugieriger versteckte sich doch einmal unter einem großen Backtrog in der Stube und sah durch einen Spalt der Perchtl beim Essen zu.

Da sagte die Perchtl zu dem jüngsten Kind“ Geh, verstreich doch die Spalte im Backtrog, wo der Wunderwitz außergafft!“ Das Kind trippelte zum Trog hin, fuhr mit dem Fingerlein über die Spalte, und der Neugierige wurde augenblicklich stockblind.

Erst nach einem Jahr, als er auf den Rat eines alten Mannes sich am Gömachabend wie damals in den Backtrog legte, sprach die Perchtl: „Geh hin zum Trog und mach die Spalten wieder auf!“

Das Knäblein blies durch die Ritze am Trog, und sogleich erlangte der Blinde sein Augenlicht wieder.

---

[122] Alpbach: Tirol/Österreich

Maske aus dem Ostrachtal, Oberallgäu

Fasnachtsmasken aus Holz, bis heute fester Bestandteil des Brauchtums, wurden in früheren Zeiten beim „Butzetreiben" getragen, wenn die Schulbuben mit den überwiegend selbst gefertigten Masken die Straßen zum Austreiben des Winters und zur Fasnacht unsicher machten. In der schwäbisch-alemannischen Fasnacht heißen diese Masken „Larven", was aus dem Lateinischen kommend sowohl „böser Geist" wie „Maske" bedeutet.

Die Larven zum Beispiel im Oberallgäu sind zum Teil 250 Jahre alt. Sie tragen Namen wie „die Zahluckare", „Schtarehisle", „Breitmülare", „die Gschrupft" oder die „Heanlare". Unter den Butzenlarven sind zwei Typen zu unterscheiden: einerseits „die Schine", die schönen, glatten, hin und wieder weiß lasierten, die die hellen Mächte vertreten, andererseits „die Wieschte", die hässlichen, die furchterregenden, die die dunklen Mächte symbolisieren. Im täglichen, zumeist harten Kampf ums Überleben und in den oft nicht enden wollenden kalten und schneereichen Wintern, entstanden die Masken, um zu helfen, die eigenen Ängste zu bewältigen.

Die Larven herzustellen, ist eine wahre Kunst und wird heute nur noch von wenigen ausgeübt. Aus

Linden- oder Kiefernholz wird die Larve vom groben Umriss zum immer feineren Ausdruck herausgearbeitet, bis die Konturen detaillierter erscheinen und Gesichtszüge, Nasenflügel, Runzeln und Lippen hervortreten. Danach wird die Larve geschliffen und vollständig mit Leinölfirniss eingeölt, bevor sie ihre „Fassung“, die Farbgebung erhält. Die wird nach historischen Vorbildern meist auf Kreidegrund aufgetragen. Oft werden die Larven auch nur lasiert, um die Holzstruktur zu erhalten. Jeder Larvenschnitzer hat für die Fassung seine von ihm gehüteten Spezialrezepte.

- Brotkugeln schützen vor dem Wilden Heer.
- Am Mittwoch darf man nicht vom Wilden Heer reden[123].
- Oft galt der Zug des Wilden Heers als Vorbote zur Pest.
- Wenn das Wilde Heer durch ein Haus zieht und eines aus dem Gefolge den Finger in das zum Säuren des Brotes dienende Säurewasser taucht, geht das Brot im Haus nie aus.
- Wo der Rodensteiner durchs Korn fährt, steht es höher.
- Wer in der Zeit der Rauhnächte Fingernägel oder Haare schnitt, der musste mit Fingerkrankheiten oder Kopfschmerzen rechnen.
- Wer absichtlich aus dem Fenster sieht, um das Wilde Heer zu betrachten, dem schwillt der Kopf an, so dass er ihn nicht mehr zurückziehen kann.
- Wer das Nachtvolk anspricht, wird krank und muss sterben.
- In der Zeit der 12 Nächte sollte man keine Tür zuschlagen, sonst müsse man im kommenden Jahr mit Blitz und Donner rechnen.

[123] Der Wodanstag war ein heiliger Tag, an dem man keine Arbeit verrichten durfte. Das Christentum hat den Wodanstag zu einem Unglückstag gemacht und dies damit begründet, dass am Mittwoch Judas den Heiland verraten hat. Quelle: H. d. d. A.

- Wer während der Wilden Jagd in den Wald geht, dem dreht der wilde Jäger das Gesicht auf den Rücken.
- In der Christnacht soll man die Obstbäume mit Stroh umwickeln, dann werden sie viele Früchte tragen.
- Wer seines Nachbarn Gut schmälert, muss nach dem Tode umgehen.
- Ein Hufeisen oder ein Drudenfuß[124] an der Stalltür vertreiben Hexen und Druden.
- In der Christnacht hört man auf einem Kreuzweg das Wütende Heer.
- Muetes Hengst, so heißt es, frisst, wenn es sein muss, im Vorbeieilen ein ganzes Fuder Heu allein.

---

[124] auch: Pentagramm oder Alpfuß = Schutzzeichen gegen Dämonen (Druden) und Geister.

Namen des Wilden Heeres und der Percht

Das Wilde Heer

Åsgårdsrei	Norwegen
Der alte Auf	Tirol (Ö)
Bonenjäger	
Chenegoda, Senegouga	Unterwallis (CH)
Chasse-galerie	Kanada (franz.)
Chasse-hennequine	Frankreich
Ds flügend Heer	Graubünden (CH)
Dummaheer	Allgäu (D)
Dürst/Türst	Schweiz/Österreich
Dürstig Gjäg (Ohrenkäuze)	Schweiz/Österreich
feralis exercitus (Totes Heer)	lateinisch
Foirige Folk	Schweiz
Gäut	Schweiz
Goi (Wilder Jäger, urspr. alter Monatsname *gói*)	Skandinavien
Gongfaela/Gongferda	Schweiz
Gratzug	Wallis (CH)
Guenisheer	Island
Guetigsheer	Schweiz
Gundisheer	Schweiz
Guot ins Heer	Schweiz
Guotisheer	Schweiz
Hellequin/Hennequin	Frankreich
Herodes Jagd	Westfalen (D)
Mesnie Hellequin	Frankreich
Modesheer/Modisheer	
Mottles Heer	Schwaben (D)
Mueter Heer	Oberallgäu (D)
Muotes	Schwaben (D)
Muotesheer/Muotes Heer	Schwaben (D)
Muetesheer	Allgäu (D)
Nachtvolk	Alpenländer
Odensjakt/Oskorei	Skandinavien
Odins heri	Dänemark
Ovaettir	Schweden

pievel da noatg (Nachtvolk)	Rätoromanisch (CH)
procesión de las ánimas en pena	Galicien (ES)
procesiun dats morts	Rätorom. Gaubünden
procession des morts	franz. Wallis (CH)
processione die poveri morti	Ital. Schweiz
Rodensteiner	Odenwald (D)
Til dils morts	Rätoromanisch (CH)
Totägeigi	Schweiz
Totuchrizgang	Engadin (CH)
Tschinigoo	Oberwallis (CH)
Volkgang	Oberwallis (CH)
Waude	Schweiz
Wild Hunt	England
Wilde Fahrt	Altmühltal (D)
Wilde G'joad (Gjoad)	Österreich
Wodans wilde Jagd	Österreich
wôtiges heer	Mittelhochdeutsch
Wuethenes Heer	alte Form, 15. Jh. (D)
Wuetis	Vorarlberg (Ö)
Wuotaheer	Vorarlberg (Ö)
Wuotas	Vorarlberg (Ö)
wuotez her	Mittelhochdeutsch
Wuotishör	Schweiz
Wurtas	Schweiz
wûtanes her	Mittelhochdeutsch
Wuteshere	Vorarlberg (Ö)

Der Wilde Reiter

Schimmelreiter	deutschspr. Raum
Dietrich von Bern/Berndietrich	Sagengestalt
Hackelbernd/Hackelnberg	Sagengestalt, Nordd.
Hans Märten	Niedersachsen
Odin	germanisch
Odinn	altnordisch
Uuoden	Altsächsisch
Waldhooli	Schweiz
Wilder Geißler	Schweiz
Wilder Jäger	
Wittschimmel	Norddeutsch

Wóden	Altenglisch
Wotan/Wodan/Wuotan	Germanisch
Wüetis, der	Schweiz

Percht

Bechtra/Bechtrababa/Baba	Kärnten/Slowenien
Berchte/Perchte	Niederösterreich
Berigln	Tirol (Ö)
Berta	Ausseerland (Ö)
Butzbercht	Salzkammergut (Ö)
Frau Bercht	Österreich
Frau Frigg, Freya, Frau Gaude, Frau Gode, Frau Harke, Holda, Hulda, Hollefrau	Namen der Frau Holle – der nordd. Entsprechung der Frau Percht
Frau Freke	Niedersachsen
Lutzl	Niederösterreich
Paxto-Stampfo	Burgenland (Ö)
Percht/Perchta	Niederösterreich
Perchtlgloba	Steiermark
Pudelfrau	Niederösterreich
Rauweib	Burgenland (Ö)
Sampa	Burgenland (Ö)
Schmutzli	Luzern (CH)
Schnabelpercht	Niederösterreich
Schönpercht	Pongau (Ö)
Sperchta	Ennstal (Ö)
Stampfe/Stampa	Tirol (Ö)
Trempe	Franken
Tresterer (Schönpercht)	Niederösterreich
Vogelpercht	Niederösterreich
Zamperin	Ennstal (Ö)

Quellenverzeichnis

> Bächtold-Stäubli, Hanns - Handwörterbuch des deutschen Aberglaubens, Weltbild Vlg., 2005, ISBN 3-8289-0808-X

> Becker-Huberti, Manfred - Lexikon der Bräuche und Feste, Herder Verlag, 2007, ISBN 978-3-451-28533-2

> Behringer, Wolfgang - Conrad Stoeckhlin und die Nachtschar ~ Eine Geschichte aus der frühen Frühzeit, Piper Verlag, 1994, ISBN 3-492-12095-4

> Beitl, Richard - Im Sagenwald ~ Neue Sagen aus Vorarlberg, Franz-Michael-Felder-Verein, 1982, ISBN 3-85162-009-0

> Brüstle, Hans (Hrsg.) - Das Wilde Heer ~ Die Sagen Badens Württembergs, Rombach Vlg., 1977, ISBN 3-7930-0210-1

> Brustgi, Franz Georg - Schwäbisches Sagenbuch, Hohenstaufen Verlag, 1940

> Caminada, Christian - Die verzauberten Täler ~ Alte Bräuche in Graubünden, Walter Verlag, 1961

> dtv-Atlas Deutsche Sprache, dtv-Verlag, 2001, ISBN 3-423-03025-9

> Endrös, Hermann/Weitnauer, Alfred - Allgäuer Sagen, Franz Brack Verlag, 2005, ISBN 3-928934-28-7

> Gaßner-Wechs, Antonie/Gaßner, Josef - Bändel und Blacha, Augsburger Druck- und Verlagshaus, 1980

> Göttin - Hexe - Heilerin, Eine Kulturgeschichte weiblicher Magie, Broschüre zur gleichnamigen Ausstellung im Frauenmuseum Meran, 2006

> Golowin, Sergius - Hausbuch der Schweizer Sagen, Büchler Vlg., 1981

> Golther, Wolfgang - Handbuch der germanischen Mythologie, Marix Verlag, 2004, ISBN 978-3-937715-38-4

> Grimm, Jacob, Deutsche Mythologie, Fourier Verlag, 2003, ISBN 3-932412-24-9

> Haid, Hans - Mythen der Alpen, Böhlau Vlg., 2006, ISBN 978-3-205-77541-6

> Haiding, Karl - Österreichs Sagenschatz, Verlag Fritz Molden,1965

> Hendrich, Hermann - „Der Walkürensturm“, 1909

> Ilg, Karl - Volk und Wissenschaft. Beiträge zur Volkskunde Westösterreichs, Innsbruck 1979

> Keller, Walter – Am Kaminfeuer der Tessiner ~ Sagen und Märchen aus dem Volke, Hans Feuz Verlag, o. J.
> Kubin, Alfred – Rauhnacht, Kreuz Verlag/Halle, 1948
> Kutter, Erni – Der Kult der drei Jungfrauen, bod, o. J. ISBN 3-8334-0181-8
> Lecouteux, Claude – Das Reich der Nachtdämonen, Artemis & Winkler Vlg., 2001, ISBN 3-538-07120-9
> Lins, Bernhard – Vorarlberger Sagen, Tyrolia Verlag, 2006, ISBN 978-3-7022-2792-0
> Lurker, Manfred – Wörterbuch der Symbolik, Kröner Verlag, 1961, ISBN 3-520-46405-5
> Mannhardt, Wilhelm – Germanische Mythen, Ferdinand Schneider Vlg., 1858 (Google Book Search)
> May, Karl – Unter Geiern, Ges. Werke Bd. 35, 1953, Karl May Verlag, ISBN 978-3-7802-0035-8
> Michels, Bernhard – Abendrot Schönwetterbot' ~ Wetterzeichen richtig deuten, blv, 2004, ISBN 3-405-16459-1
> Mittenhuber, Karl-Heinz – Das wilde Heer hat viele Gesichter, KIM Vlg., 1998, ISBN 3-933327-00-8
> Niehörster, Thomas – Wilde Frauen ~ Mythische und mystische Frauengestalten der Alpen, Ursus Vlg., 2008, ISBN 987-3-9811770-0-8
> Oster, Uwe A. – Atlas des Mittelalters, Bertelsmann Buchclub, 2007
> Paulin, Karl – Die schönsten Tiroler Sagen, Verlagsanstalt Tyrolia, NA 2009, ISBN 978-3-7022-2891-0
> Ranke, Friedrich – Kleinere Schriften, A. Francke Vlg., 1971
> Reiser, Karl – Sagen, Gebräuche und Sprichwörter des Allgäus, Bd. I u. II, Georg Olms Verlag, 1993, ISBN 3-487-06745-5,
> Reithard, Johann Jakob – Schweizer Sagen und Geschichten, Anaconda Vlg., 2006, ISBN 978-3-86647-065-1
> Reuter, Bjarne, Das Zimthaus, 2007, Heyne TB 81125, ISBN 978-3-453-81125-6
> Savi-Lopez, Maria – Alpensagen, Verlag Adolf Bonz & Comp., 1893
> Scherf, Gertrud – Zauberpflanzen, Hexenkräuter ~ Mythos und Magie heimischer Wild- und Kulturpflanzen, blv-Verlag, 2002,
ISBN 3-405-16219-X

> Schlender, Timur - Die Alpen in Mythen, Märchen und Erzählungen, Knaur Verlag, 1988, ISBN 3-426-01609-5,
> Schmid, Max/Schweikhardt, Josef - Die Alpen, Reich Verlag, 2001,ISBN 3-7243-0354-8
> Schreiber, Mathias - Was von uns bleibt ~ Über die Unsterblichkeit der Seele, DVA, 2008, ISBN 978-3-421-04345-0
> Schulz, Marco - Arme Seelen, Grin Verlag, 2004, ISBN 978-3-75307-4
> Schweizer Volksmärchen, Bechtermünz Verlag, 1998, ISBN 3-8289-0038-0,
> Thömmes, Günther - Das Erbe des Bierzauberers, Gmeiner Verlag, 2009, ISBN 978-3-89977-788-8
> Ulbrich, Björn/Gerwin Holger, - Die geweihten Nächte, Aurun Verlag, 2005, ISBN 978-3-935581-89-9
> Urmes, Dietmar - Handbuch der geographischen Namen, Marix Verlag, 2004, ISBN 3-937715-70-3
> Walser-Biffiger, Ursula - Wild und weise, AT-Verlag, 1998, ISBN 3-85502-628-9
> Weninger, Brigitte - Tiroler Sagen, Tyrolia Verlag, 2006, ISBN 3-7022-2715-6
> Willand, Detlef - Seltsames und Unheimliches ~ Die Sagen des Kleinen Walsertals, Galerie im unteren Tor, 1994
> Wiemken, Helmut - Gegen Viehpest und Feuersnoth ~ Das letzte deutsche Zauberbuch, Hoffmann & Campe Vlg., 1980, ISBN 3-455-02305-3
> Wittmann, Helmut/Kirchmayr, Jakob - Sagen aus Oberösterreich, Tyrolia Verlag, 2008, ISBN 978-3-7022-2971-9
> www.sagen.at
> www.salzburg.com
> www.wikipedia.de, diverse

Kennzeichnung der im Buch zitierten Sagen

EW Hermann Endrös/Alfred Weitnauer: Allgäuer Sagen
HÖ Karl Haiding, Österreichs Sagenschatz
KR Karl Reiser, Sagen, Gebräuche und Sprichwörter des Allgäus
NE vom Autor nacherzählt
SO Helmut Wittmann/Jakob Kirchmayer, Sagen aus Oberösterreich
TS Karl Paulin, Die schönsten Tiroler Sagen
VS Richard Beitl, Im Sagenwald (Vorarlberger Sagen)
WK Walter Keller, Am Kaminfeuer der Tessiner

Soweit die o.g. Titel nicht mehr im Buchhandel erhältlich sind, findet man sie zum Teil noch im Antiquariat über das Internet wie zum Beispiel bei www.zvab.de und anderen Anbietern.

Inhaltsverzeichnis

Ursus Verlag Thomas Niehörster
Jochstr. 8 · 87541 Bad Hindelang
tniehoerster@aol.com · www.ursusverlag.de

Druck:
Verlagsservice Niederland GmbH
60388 Frankfurt-Riederwald

ISBN 978-3-941414-03-7

Anmerkung:
Die Rechtschreibung erfolgt nicht immer nach der letzten Rechtschreibreform, dies insbesondere bei Zitaten oder den wiedergegebenen Sagen.

Stephanie Tannheimer: Aus Nanies Schatzkästchen – Gedichte und Erzählungen
Die Heimatdichterin aus Hinterstein hat mit guter Beobachtungsgabe und viel Liebe zur Natur und Heimat ihre Eindrücke notiert. 112 Seiten mit 14 s/w-Fotos, 9,90 Euro, ISBN 978-3-9811770-9-1

Sagenhafte Märchen
40 Märchen für Erwachsene von 27 Allgäuer Autor-innen und Autoren, 192 Seiten mit 6 Farbillustrationen, 9,90 Euro, ISBN 978-3-9809460-0-1

Barbara M. Geiger: Hindelôngar Gschichtle
Kleine, liebenswerte Geschichten in Hindelanger Mundart, 72 Seiten mit 6 s/w-Fotos, 7,80 Euro, ISBN 978-3-9811770-3-9

Alois Schmidt: Die Pfarrei Hindelang
Eine spannende Geschichte des Ostrachtals von der Urzeit bis zur Entstehung des Marktes Hindelang, Nachdruck von 1906, 216 Seiten mit 8 s/w-Abb., 9,90 Euro, ISBN 978-3-9811770-4-6.

Thomas Niehörster:
Die Wilden Frauen - Mythische und mystische Frauengestalten der Alpen
Wer waren die „Wilden Frauen“, die Saligen? Wo kamen sie her? Wo war ihr Reich? Das Sachbuch erzählt von ihrem Alltag, ihrem Umfeld und von den Tabus, die nicht verletzt werden durften.
168 Seiten mit 12 s/w-Abbildungen, 9,90 Euro, ISBN 978-3-9811770-0-8

Kai Wollinger: Synapsenkoller - Erzählungen aus dem fiesen Alltag
Wer Spaß an skurrilen, makabren und witzigen Texten hat, der ist hier bestens aufgehoben. Wollinger spannt wirksam einen Schirm gegen den Kübel Schwachsinn auf, der Tag für Tag über uns ausgegossen wird.
168 Seiten, 9,90 Euro, ISBN 978-3-9812493-3-0

Ute Marie Fomm: Der Morgen hat ein blaues Tuch
Gedichte und Bilder
Dank ihrer fast musikalischen Sprachkraft entstehen facettenreiche Miniaturen, Gefühlsbilder und manch verschmitzter Blick auf die Welt.
72 Seiten mit 14 Farbbildern der Autorin, 9,90 Euro, ISBN 978-3-9812493-6-1

Elisabeth Meinecke: Und dennoch bin ich bei euch -
Ein Erfahrungsbericht
In einem anrührenden Bericht schreibt die Autorin vom Unfalltod ihres Sohnes. Sie ist überzeugt, dass mit dem Sterben nicht alles zu Ende ist. 37 Seiten, 7,80 Euro, ISBN 978-3-9811770-8-4

Alois Schmidt: Die Pfarrei Hindelang -
Eine spannende Geschichte des Ostrachtals
Nachdruck von 1906, 216 Seiten mit 8 s/w-Abb., 9,90 Euro, ISBN 978-3-9811770-4-6.

Hindelanger Hefte Nr. 1: **Victor Schmitt: Kleine Plauderei über die bäuerliche Kultur im Ostrachtal (oberes Allgäu)**
Eine ausgezeichnete Beschreibung der Allgäuer Kultur, der Menschen im Allgäu sowie der Bauweise ihrer Bauernhäuser, 32 Seiten mit 3 s/w-Fotos u. 5 Zeichnungen, 6,80 Euro, ISBN 978-3-9811028-3-3

Hindelanger Hefte Nr. 2: **Kaspar Weber: Wie erhalte ich meine Gesundheit** *nicht mehr lieferbar*

Hindelanger Hefte Nr. 3: **Thomas Niehörster: Konrad Zuse - Der Vater des Computers - seine Zeit in Hinterstein und Hopferau.** Zuse, Erfinder des Computers, hielt sich Ende des 2. Weltkriegs mit seiner Familie in Hinterstein auf. 40 Seiten mit zahlr. s/w-Fotos u. Abb., 6,80 Euro, ISBN 978-3-9811028-9-5

Hindelanger Hefte Nr. 4: **Hurlahutsch – Kinder schreiben eigene Sagen**
Ein Projekt zum VolksMusical der Klassen 3a und 4a der Grund- und Hauptschule Bad Hindelang, 48 Seiten mit 8 s/w-Illustrationen, 6,80 Euro, ISBN 978-3-9811028-2-6

Hindelanger Hefte Nr. 5: **Victor Schmitt: Die Nagelschmieden des Ostrachtals** Mit dem Schmieden von Nägeln verdienten sich die Bergbauern im Winter ihren Lebensunterhalt. Eine detailierte Beschreibung des inzwischen ausgestorbenen Handwerks und der Schmieden. 52 Seiten mit 8 s/w-Fotos u. 6 s/w-Illustrationen, 6,80 Euro, ISBN978-3-9812493-8-5

Hindelanger Hefte Nr. 6: **Curtius, Hindelang und seine Großmutter**
Eine fein beobachtete – mitunter auch kritische - Erinnerung an eine Zeit des bürgerlichen Friedens und Wohlstands, vor allem jedoch eine bravouröse Hommage an das Ostrachtal und seine Bürger. 56 Seiten, 7,80 Euro, ISBN 978-3-9812493-7-8

Alle Bücher des Ursus Verlags sind, falls nicht vorrätig, über jede kundenfreundliche Buchhandlung innerhalb einer Woche oder www.ursusverlag zu erhalten.